Н. Иванова

Книга для двоих

♥♥♥♥♥♥♥♥♥♥♥

Как научиться получать и доставлять удовольствие

РИПОЛ
КЛАССИК
Москва, 2003

ББК 57.01
И20

Иванова Н. В.

И20 Книга для двоих.— М.: РИПОЛ КЛАССИК, 2003.— 192 с.: ил.— (Домашние советы).

ISBN 5-7905-1954-7

Данная книга поможет многим парам ознакомиться с некоторыми особенностями сексуального поведения различных народов, понять мировосприятие нетрадиционных пар, а также проникнуться духом сексуальной культуры Древнего Китая. Для тех, кто только стоит на пороге любовных свершений, рекомендуется прочитать советы, касающиеся первой близости и контрацепции.

Книга предназначена для широкого круга читателей.

ББК 57.01

ISBN 5-7905-1954-7

ВВЕДЕНИЕ

Наверное, ни одна сфера человеческой жизни не порождает столько слухов, разногласий, предрассудков, обсуждений и споров, как сексуальная культура.

Нет ничего страшного в том, что люди сталкиваются с теми или иными интимными проблемами. Секс — это сложное соединение и духовного, и физического, и психологического аспектов. Поэтому часто трудности могут возникнуть и у здоровых, любящих друг друга людей. Помощь в решении этих проблем должна быть очень деликатной и осуществляться только профессионалами в данной области. Стоит признать, что, несмотря на то, что современное общество рассматривает сексуальную культуру именно как культуру, то есть призывает людей приобщиться к исследованию данного вопроса, познания многих в этой области остаются ограниченными. Между тем невежество в сексуальном общении может привести к очень серьезным последствиям (СПИД, венерические болезни, неустроенность в семейной жизни, распад семьи, и т. д.).

В этой книге освещены все те стороны сексуальной культуры, которые составляют основу полноценной половой жизни.

Кроме этого, в ней рассказано о том, что значил секс в жизни наших предков, какое влияние чувственный аспект оказал на искусство и историю человечества в целом.

Надеемся, что наша книга поможет вам стать более грамотными в вопросах интимной жизни и реализовать все ваши желания.

ГЛАВА 1

История сексуальных развлечений

Сексуальность всегда находится под пристальным наблюдением людей, в какое бы время они ни жили. В мифологии и искусстве многих народов мира, от древности до наших дней, центральное место занимают вопросы секса, причем в совершенно различных его проявлениях. Эта область охватывает не только отношения между людьми, но и прежде всего отождествление собственного «я» человека.

Не только технической, но и духовной стороне секса посвящены древние трактаты о любви, самыми известными из которых являются индийская «Камасутра» и «Искусство любви» Овидия. Пожалуй, ни одно современное издание по теории и технике секса не обходится без упоминания именно этих произведений. Отношение к эротике и сексу у народов Востока кардинально отличалось от сексуальной культуры европейцев. В вышеназванных трактатах сексуальность не анализируется, а рассматривается как нормальная, естественная и неотъемлемая сторона жизни.

Восточная философия тесно связана с эротологией, этическими и эстетическими аспектами секса. Все рекомендации, даваемые в подобных произведениях, вытекают из описаний и объяснений.

В Европе отношение к сексу складывалось под влиянием христианских догм, по которым половая жизнь служила лишь для продолжения рода в рамках церковного брака. Но, как известно, официальная и бытовая культуры во многих вопросах расходятся, а иногда и вступают в непримиримое противоречие. Так, достоверно известно, что средневековый карнавал допускал и демонстрацию обнаженного тела, и переодевание мужчин в женскую одежду, и открытое выражение эротики. Интимные подробности обсуждались не только в среде крестьян и ремесленников, но и в высшем обществе. Трубадуры, воспевая в своих произведениях любовную страсть, ставили ее во главу человеческих переживаний. Да и идеальный образ Прекрасной Дамы был не только платонической мечтой любого рыцаря. Изменение человеческого мировоззрения в эпоху Возрождения коснулось и самых сокровенных сторон жизни: гуманисты подвергли резкой критике монашеский аскетизм и мораль воздержания.

Однако период откровенности продлился недолго, и в XVII веке отрицание секса вновь взяло верх. Юношеская мастурбация, воспринимавшаяся ранее как простительное прегрешение, превратилась чуть ли не в самый страшный порок, порождающий безумие и моральную деградацию.

В XVIII веке интерес к сексуальной жизни настолько возрос, что пересилил запреты цензуры и несколько приподнял занавес супружеской спальни. Если в Средние века сексуальность рассматривалась только с точки зрения дозволенности и недозволенности поведения, а о самом главном умалчивалось, то в Новое время она приобрела множество различных оттенков.

> В Средневековье половое воздержание оправдывалось «научными» медицинскими изысканиями, доказывающими необходимость сбережения семени. Ну а уж если супругам хотелось завести ребенка и исполнения супружеского долга было не избежать, то ни о каком наслаждении, естественно, и речи не шло.

В связи с интенсивным ростом населения проблема репродуктивности стала объектом пристального наблюдения экономистов и демографов, стремившихся упорядочить рождаемость. С этой целью ученые разработали специальную программу школьного обучения, которая подразумевала и половое воспитание. Данные меры применяются для того, чтобы не только просветить подрастающее поколение в вопросах взаимоотношения полов, но и препятствовать развитию их чересчур ранней сексуальности.

С развитием юриспруде́нции и медицины сексуальная жизнь стала изучаться еще более скрупулезно. В результате назрело болезненное противоречие между чувственно-эротическими и личностно-коммуникативными компонентами сексуальности, которые перестали быть единым целым и превратились в совершенно противоположные начала. Ханжеское отношение к сексу, практиковавшееся в Средневековье, привело к тому, что в XVIII веке появились целые легионы жриц любви, которые стали разносчицами венерических заболеваний — бомб замедленного действия, приведших к вырождению многих дворянских фамилий. Поэтому неудивительно, что на протяжении всего последующего времени прогрессивные деятели науки и культуры боролись за то, чтобы женщины стали полноправными членами общества, а ученые могли беспрепятственно исследовать человеческую сексуальность и причины ее отклонений.

Интересны впечатления европейского дипломата Адама Олеария, посетившего нашу страну в XVII столетии. Он утверждает, что русские не прочь поговорить о сладострастии и постыдных пороках, своих или других лиц, рассказывают всякого рода срамные сказки, а кто отпускает самые неприличные шутки, тот и считается у них лучшим и приятнейшим в обществе.

Что же касается России, то, нужно сказать, и здесь было не все гладко. У большинства людей, несведущих в вопросах истории и литературы, преобладает мнение, что на Руси никогда не существовало ничего, хотя бы отдаленно напоминающего эротику. Однако это далеко не так.

В русской культуре тема находилась под запретом. Цензура, действовавшая у нас вплоть до конца 1980-х, не позволяла печатать исследования по данной проблеме. В настоящее время положение вещей кардинально изменилось: информация о сексе стала доступной для широкого круга читателей. Однако многое из наследия прошлого безвозвратно утеряно, и сведения о делах дней минувших приходится собирать в буквальном смысле по крупинкам. С принятием на Руси христианства изменилось и отношение к сексу: все, что имело хоть какое-то отношение к данному вопросу, стало считаться дьявольскими происками.

Причем характерно, что похоть и желание сексуальных утех всегда изображались не в мужском обличье, а в женском, якобы грех исходит исключительно от женщин-искусительниц. Девственность, целомудрие и воздержание в интимной жизни поощрялись церковью; при этом все те, кто строго соблюдал данные предписания, считались святыми. Однако отказ от воздержания не считался грехом, если интимные отношения были между мужчиной и женщиной, состоящими в законном браке. Занятия сексом как таковые совершались не из похоти, а для зачатия детей и только в строго установленные дни. В запретные дни (пятница, суббота, воскресенье, праздники и все постные дни) воздержание являлось обязательным.

Считалось, что если ребенок зачат в неположенный день, то он родится во грехе и, следовательно, будет нести на себе это бремя до самой смерти.

Однако и среди церковнослужителей были такие, кто имел свои понятия и представления по тем или иным вопросам, и, хотя они относились к официальной церкви, их суждения отличались меньшей строгостью и принципиальностью. Так, например, епископ из Новгорода Нифонт (XII век) считал, что молодожены, не удержавшиеся от близости в праздник, заслуживают снисхождения, ибо их поступок оправдывается молодостью.

Средневековая церковь стремилась подчинить себе не только поведение, но и помыслы людей. При этом нужно сказать, что католичество было более строгим в этом отношении, нежели православие. Уделяя большое значение институту брака, церковь преследовала незаконные связи, причем прелюбодеяние (нарушение верности в супружестве) считалось более греховным, нежели просто блуд (половое распутство).

Известно, что на Руси в XVII–XVIII веках, впрочем, как и в странах Запада, при заключении брачного союза сексуальные мотивы не имели такого значения, как в настоящее время. Нередко случалось, что взрослый мужчина брал в жены 14–15-летнюю девочку, а взрослую девушку отдавали замуж за 7–10-летнего мальчика. Естественно, что о влечении людей в таких случаях и говорить не приходилось.

> В период Средневековья на Руси существовали специальные правила, по которым супругов обязывали придерживаться только определенных позиций. Что касается запретов, то содомия считалась на Руси меньшим прегрешением, нежели на Западе, где наказанием за нее была смерть.

Но почему же так происходило, спросят некоторые. А дело в том, что браки часто заключались с экономической точки зрения. Так, в первом случае возможно, что бедная семья стремилась пристроить дочь, отдавая ее замуж за богатого и знатного претендента (по его любви или прихоти). Во втором случае также имел место расчет: рабочие руки нужны в любом хозяйстве, особенно в большом. В результате с точки зрения интимных отношений брак оказывался несчастливым (исключения бывали крайне редко), но, т. к. он был освящен церковью, такое положение вещей считалось нормой.

В XIX столетии в дворянском сословии произошли некоторые изменения, касавшиеся этого вопроса. Однако эротика по-прежнему не связывалась с браком и находилась за пределами официальной культуры. Тут следует упомянуть о незаконных связях помещиков с крепостными девушками, которые насильственно или по взаимному влечению (что было намного реже) вступали в половую связь со своим хозяином, в то время как официальная жена, оставшись без внимания мужа, нередко также искала утешения на стороне.

Что касается крестьянского сословия, то здесь нельзя с большой достоверностью говорить о взаимоотношениях супругов, т. к. данные, касающиеся этого вопроса, чересчур скудны, противоречивы и далеко не одинаковы в разных местностях.

Вообще, во многих регионах добрачные вольности все же не являлись большой редкостью, хотя по негласному предписанию их тщательно скрывали. Страх разоблачения и несмываемого позора всегда был действенным сдерживающим фактором. Однако страх страхом, а групповое общение, принятое почти повсеместно и называемое где посиделками, где вечорками, а где поседками, не обходилось без некоторых шалостей, носящих порой эротический характер. Так, девушка, отклоняющая даже самые невинные ласки, вполне могла быть отвергнута собравшейся повеселиться молодежью. В некоторых календарных и особенно свадебных обрядах отдельных областей конца XIX — начала XX века можно было наблюдать отголоски языческих оргий. Так, например, на Русском Севере вплоть до начала XX столетия сохранялись так называемые яровуха и скакания, которые еще в XVI веке были запрещены официальной церковью, т. к. считались дьявольскими причудами.

Под скаканиями подразумевались следующие увеселения: в день перед венчанием в доме жениха собиралась молодежь (за исключением невесты), для того чтобы «вина пить». После того как все вино было выпито, пришедшие становились в круг, обхватывали друг друга за плечи и скакали, стараясь как можно выше вскинуть ноги и задрать подолы, распевая при этом песни самого непристойного содержания. Заканчивалось это невинное развлечение сном, во время которого и девушки, и парни спали где придется.

Некоторые источники утверждают, что в украинских и отчасти в русских деревнях некогда существовал обычай подночевывания, когда молодой парень (иногда не один) оставался у девушки на ночь. Однако предполагалось, что целомудренность при этом не страдала.

Что касается другого языческого обычая — яровухи, происходящего от имени языческого божества плодородия Ярилы, то здесь, наоборот, посиделки с последующим сном вповалку происходили в доме невесты. Характерно, что при этом допускались любые вольности в отношениях, за исключением непосредственной близости.

В начале XX столетия всем стало понятно, что традиционная мораль противоречива и несостоятельна; в обществе назревало нечто, впоследствии приобретшее название сексуальной революции. Во многом это произошло вследствие таких причин, как сдвиги в сексуальном поведении людей, повышение значимости женской роли, эмансипация. Отныне женщина не пассивная и зависимая жена и мать, каковой ее считали раньше. Теперь она стала энергичной, предприимчивой и овладела теми качествами, о которых в прежние времена не смела и думать. Все это, безусловно, наложило отпечаток на сексуальность не только современной женщины, но и современного мужчины.

Ослабление поляризации образов маскулинности и фемининности, произошедшее на рубеже XIX–XX столетий, научило общество терпимее относиться к типам людей, не укладывающихся в общепринятые рамки сексуальности. Серьезные изменения произошли и в институте брака, в основном они касались свободы выбора супруга, сокращения рождаемости и др. Однако вместе со свободой выбора пришла проблема разводов.

У людей стали появляться такие социально-психологические установки, которые заранее подразумевали временность заключаемого союза. Следовательно, выросло и количество одиноких людей, по каким-либо причинам не вступивших в брак. Однако здесь нужно оговориться: одинокими (или свободными) в обществе принято считать не только тех, кто психологически и физически не приспособлен к брачному союзу, но и тех, кто боится взваливать на свои плечи ответственность (считая временные связи на стороне более удобными со всех точек зрения), и тех, кто состоит в фактическом браке, не регистрируя своих отношений официально. Таким образом, если раньше люди стремились узаконить отношения, потому что холостяцкая жизнь считалась непрестижной (в некоторых странах брак был пропуском во взрослую жизнь, без которого человек не имел права голоса), то теперь, наоборот, многие предпочитают сохранять свободу и независимость. Нужно заметить, что если раньше так называемое сожительство (как пробная подготовка к зарегистрированному браку) порицалось обществом, то в настоящее время данный вид отношений приобрел большую популярность и стал своеобразной альтернативой брака.

По мнению ученых, на число разводов в XX веке повлиял рост продолжительности жизни (раньше в основном семья существовала до смерти одного из супругов) и количественный состав семьи (согласитесь, жить в большой семье более интересно; к тому же большая семья — это гарантия того, что вы не так надоедите друг другу, как если бы вы прожили всю жизнь вдвоем).

Помимо сожительства, имеет место и такая форма отношений, как открытый брак, подразумевающий некоторую свободу между супругами, когда оба имеют право на краткосрочные связи на стороне. Для истории это не ново. Известно, что и раньше некоторые великосветские и буржуазные браки заключались по расчету, который давал право обоим супругам открыто иметь любовников. В настоящее время данная практика не является привилегией высшего сословия. И в России, и в странах Запада все чаще можно наблюдать жизнь втроем. Такой вид отношений наиболее приемлем для тех пар, когда один или оба супруга имеют склонности к гомо- или бисексуальности. Поэтому, для того чтобы получить полное сексуальное удовлетворение, им нужен соответствующий партнер, которым в данном случае не может стать официальный супруг.

Однако недостатком «троек» является то, что они, за небольшим исключением, быстро распадаются.

В основе всех вышеперечисленных отношений лежит не что иное, как изменение ценностных ориентиров, ядром которых является не семейная группа (как это было раньше), а отдельный индивид.

Среди глобальных тенденций, способствующих развитию современной сексуальной культуры, можно выделить следующие:

— во-первых, сексуальность включается в систему личностных ценностей;

— во-вторых, сексуальное наслаждение становится частью высокой культуры (это происходит с его признанием как положительной социально-культурной ценности);

— в-третьих, все, что касается сексуальной жизни (сексуально-эротическая техника, возрастные границы, количество и пол партнеров и т. п.), носит личностный характер и является частным делом каждого;

— в-четвертых, эмансипация и ломка полоролевых норм приводят к росту стилей сексуальной жизни, что способствует расширению границ свободы личности;

— в-пятых, признание прав и политическая активность сексуальных меньшинств выводят такие аспекты сексуальности (коммуникативные и гедонистические), которые не сводятся к репродуктивной функции.

Интересно то, что если в патриархальном обществе личность человека и его потребности не принимались во внимание, то в настоящее время от счастья индивида зависит счастье и устойчивость брачного союза. Уменьшение последнего фактора ведет к недостаточной ответственности родителей за воспитание детей, что, в свою очередь, приводит к нежелательным для общества последствиям, например к меньшей устойчивости семейных отношений.

Процесс развития сексуальной культуры по своей природе противоречив. Зачастую становление новых норм сексуального поведения отстает от разрушения старых. Отсюда возникает непонимание и конфликт между поколениями. Современная молодежь в основном начинает половую жизнь до брака, и общество это не осуждает, хотя многие подростки руководствуются отнюдь не брачными намерениями. Самые распространенные ответы на вопрос, с какой целью молодые люди вступают в интимные отношения, носят приблизительно следующий характер: «приятное времяпрепровождение», «любопытство», «самоутверждение», «независимость и чувство свободы» и т. п. Ломка старых стереотипов, снятие табу и религиозных запретов, а также появление эффективных контрацептивов способствуют отделению репродуктивной функции от сексуально-эротических отношений. Так, молодых людей в первую очередь интересуют эротические ласки и сексуальная техника, а потом уже продолжение рода (многие вообще предпочитают не обзаводиться детьми). Проще говоря, в настоящее время наблюдается тенденция в отношении к сексу прежде всего как к развлечению и получению удовольствия.

Сексуальные традиции различных народов

Прежде чем перейти к традициям цивилизованных народов, обратим свой взгляд в сторону аборигенов — «детей природы», которые, в отличие от своих цивилизованных собратьев, более восторженно и гармонично предаются занятиям любовью.

А дело в том, что им неведома цивилизация со своими нормами морали и приличия. Известно ли вам, что у дикарей, сколь бы ни был беден их язык, слов, обозначающих соитие, гораздо больше, нежели в любом европейском языке? Удивительно, не правда ли? У коренных народов Южной Африки есть легенда, объясняющая божественное происхождение соития. Смысл ее в том, что создатель всего сущего превозносил сотворенную им женщину, но его печалило то, что она получилась несколько крупнее и сильнее мужчины. Чтобы исправить этот недостаток, он вскрыл ее тело и убрал лишние кости, сделав женщину поменьше. Однако, когда божество стало зашивать свое творение, ему не хватило ниток — осталось небольшое отверстие. Вновь сотворенной женщине это не понравилось, и, чтобы ее хоть как-то утешить, создатель заткнул дырочку нефритовым стержнем мужчины. Женщине это безумно понравилось, и с тех пор первый мужчина и его вторая половина стали заниматься этим постоянно (не воспринимая свои гениталии как детородные органы), передав это искусство своим детям.

Такова легенда, однако и в настоящее время для жителей глухих тропических регионов совокупление представляет собой условный рефлекс, который так же необходим, как утоление жажды или голода. Что касается детских забав, то они во всем подражают взрослым «играм»: аборигены не скрывают от детей сексуальной стороны отношений. Поэтому уже в раннем возрасте, во время «невинных» забав, девочки, сами того не зная, становятся женщинами. Однако было бы неправильным считать, что дикие племена не придают никакого значения половому созреванию. Напротив, в отличие от европейцев, они устраивают по этому поводу грандиозные праздники. Одни племена имеют традицию устраивать праздники распутства, во время которых юношей официально допускают к девушкам для совершения беспорядочных соитий; другие отличаются богатой сексуальной культурой, переданной им предками.

> В некоторых племенах существует традиция, по которой право первой ночи является привилегией вождя или колдуна, причем в большинстве случаев делается это на глазах у всего племени. Некоторым «посвящаемым» удаляют клитор, малые половые губы или же производят дефлорацию при помощи острого камня или хорошо заточенной палочки. Характерно, что возраст инициируемых девушек не превышает 11–14, а возраст юношей — 16–20 лет.

Иногда все происходит намного сложнее. Как только у девушки появляется первая менструация, ее изолируют от племени и передают специальной учительнице, которая собирает всех достигших половой зрелости девушек в укромном месте и в течение 2–6 месяцев обучает их всем тонкостям любви, включающим изучение анатомии собственного тела, а также запахов трав. Получается, что за это время они приобретают необходимые сведения по искусству соблазна. По истечении отведенного для этого времени девушки начинают готовиться к празднику: сбривают волосы, раскрашивают тело и лицо специальными красками, цветной глиной или жиром, после чего возвращаются в родную деревню, где находят себе избранника и вместе с ним предаются любовным утехам.

У «детей природы» есть свои традиции, касающиеся сексуальных ласк и знаков внимания. Так, например, хотя умение совокупляться ценится гораздо больше, нежели предварительные ласки, они все же являются обязательной прелюдией перед близостью. Дело в том, что мастерство каждого мужчины непременно становится достоянием гласности, следовательно, удовлетворение женщины не является чем-то второстепенным. Напротив, тот, кто не сможет достойно показать себя в столь интимном деле, сразу теряет авторитет.

А как вы думаете, чем, например, привлекают мужчин женщины из африканского племени масаев? Ушами! Это не шутка, в действительности, уши представительниц прекрасного пола этого племени по своей отвислости вполне могут соперничать с ушами спаниеля. Чтобы добиться такого эффекта, будущим красавицам в раннем детстве надевают тяжелые серьги, сделанные из железа или глины.

Используя подобные украшения, девушки племени добиваются того, что их уши приобретают способность выдерживать до килограмма веса. Подобная традиция и в настоящее время играет в жизни каждой женщины очень большую роль. Так, если до 16-летнего возраста девушка не приобрела свой главный козырь — вислоухость, то ее шансы на брак практически равняются нулю.

Что касается внебрачных связей, то они, безусловно, существуют, однако в каждом племени определяются своими нормами. В большинстве случаев измена совершается тайно, однако если кто-нибудь увидит такую парочку под покровом леса, то этому не придается большого значения. Ведь ревности, как правило, ни у кого не возникает (у многих племен просто нет такого понятия).

С точки зрения сексуальной техники чернокожие также отличаются от белых. Половой член аборигенов больше и толще, чем у других народов, а потому и позы они предпочитают иные. Наибольшее распространение получили боковые и стоячие позиции. Это объясняется физиологией: во-первых, большой размер полового члена в других положениях причиняет партнерше боль, а во-вторых, предпочтение отдается таким позам, при которых снижается вероятность наступления беременности. Так, у коренных жителей Австралии излюбленной является поза коров, т. к. у их женщин вход во влагалище расположен ниже, нежели у европеек. А вот повсеместно распространенную позу европейцев (женщина лежит на спине, мужчина сверху) африканцы не приемлют. Мы рассказали вам о сексуальных традициях жителей Африканского континента, а теперь вы узнаете, как обстоит дело у представителей других

> У африканского кочевого племени уодаабе есть интересные традиции, связанные с сексом. Одна из них — это весенний праздник джиируол, в течение которого все соплеменники собираются под открытым небом, проводя время в танцах и любовных утехах. Любопытно то, что во время праздника мужчины полностью уподобляются женщинам, т. е. переодеваются в женские одежды, накладывают на себя макияж.

народов. Начнем с того, что в сознании всех без исключения людей половые органы представляют собой то, без чего человек не может считать себя полноценным. В древности такое положение вещей еще более усугублялось, т. к. кастраты считались социально неполноценными. Упоминание об этом есть даже в Ветхом Завете: «У кого раздавлены ятра или отрезан детородный член, тот не может войти в общество Господне» (Второзаконие, 23, 1). Оскопление мужчины грозило ему лишением символа власти и жизни. С этим обстоятельством связана варварская традиция древности: половой орган убитого врага считался одним из самых почетных воинских трофеев. Так, один из египетских фараонов, говоря о поражении, нанесенном им ливийцам, упоминает о 6359 отрезанных членах ливийских воинов, а также о половых членах сыновей и братьев вождей и жрецов. В Библии также упоминается о подобных трофеях: в Первой книге Царств (18,27) Давид преподнес своему правителю 200 детородных органов убитых филистимлян.

О том, что мужской половой член всегда имел первостепенное значение, свидетельствуют и следующие обряды: в Древнем Израиле во время произнесения клятвы мужчина должен был положить руку либо на свои гениталии, либо на гениталии того, кому он клялся. Традиция прикрывать головку детородного органа набедренной повязкой, скорее всего, появилась с целью избежать социального напряжения (как известно, у высших животных эрекция — знак нарастающей агрессии или вызова).

В Полинезии, где проводят обрезание крайней плоти, мальчик может ходить обнаженным только до совершения обряда. После, по словам местных жителей, его член «не имеет шляпы» и, следовательно, должен быть чем-нибудь накрыт. Однако, даже прикрывая половой член, мужчины всегда стремились зрительно его увеличить.

Общей чертой для различных народов было то, что эрегированный половой член рассматривался как религиозный символ. Так, например, в Древней Греции имела место традиция, предполагавшая установку гермы (квадратной колонны с мужской головой и эрегированным половым членом) около домов и храмов.
А в Скандинавских странах и Центральной Азии фаллические статуи ставились около христианских церквей вплоть до XII столетия.

У народов, проживающих в Африке, Австралии и Океании, существует традиция проводить операции на гениталиях. При этом одни выполняют обрезание (круговое иссечение крайней плоти, или циркумцизию), другие — подрезание (вскрытие задней стенки губчатой части уретры, или субинцизию, в результате которой мужчина теряет способность мочиться стоя и делает это сидя), третьи (полинезийцы) — надрезание передней части крайней плоти без ее удаления, или суперинцизию.

Характерно, что каждая народность в данную операцию вкладывает свой смысл. Однако многие ученые, занимающиеся данной проблемой, пришли к выводу, что в общем этот ритуал производится с целью посвящения мальчика в мужчину.

А вот у жителей Океании можно наблюдать традиционное мужеложество, которое совершается над мальчиком взрослым мужчиной. Считается, что таким путем будущему мужчине передаются сила, смелость, ум и другие мужские качества. Однако нужно заметить, что в основном гомосексуальный контакт при инициации имеет разовый характер, хотя, по некоторым данным, у папуасов самбия в Новой Гвинее такие отношения являются нормальными на протяжении всего переходного возраста. Это происходит потому, что папуасы верят, будто для роста и возмужания мальчику необходимо регулярное питье семени. Что касается женских детородных органов, то с ними также связано много обрядов и традиций, в большинстве случаев ассоциирующихся с йони (древнеиндийское определение, часто встречающееся в литературе), с темным началом, несущим в себе угрозу смерти. У некоторых народов поныне выполняются обряды инициации (посвятительные обряды, связанные с переводом молодежи в класс взрослых). Суть данного действа заключается в возвращении юноши в лоно матери, символизирующее смерть и повторное рождение. Есть и другие представления. Индейцы эквадорского племени кайяпа говорят, что во время соития влагалище попросту «съедает» мужской детородный орган.

На одном из Молуккских островов имеет место традиционное «оплодотворение» деревьев, производящееся обнаженными мужчинами с криками «Больше гвоздики!». Однако производится данный ритуал только в том случае, когда ожидается бедный урожай на гвоздику.

На Украине вплоть до середины XIX века практиковался обычай ритуального совокупления на полях во время сева (как альтернатива — парное перекатывание по засеянному полю). В XIX веке учеными-фольклористами, занимавшимися изучением смеха, было установлено, что он очень тесно пересекается с сексуальными отношениями. Недаром многие первобытные праздники, не обходившиеся без веселья, включали в себя и нарушение сексуальных запретов.

По мнению О. М. Фрейденберга, оплодотворение, сексуальность, смех и праздники изначально связаны некой цепочкой ассоциаций, которые со временем были перенесены и на гениталии, а также на все слова, их обозначающие, и, разумеется, сексуальные действия. Если задуматься, то что смешного в детородном органе (или в заменяющем его символе — кукише)? Однако их демонстрация практически всегда вызывает у людей смех. Известно, что в древности существовали праздники, на которых было принято ради потехи прилюдно оголять интимные части тела и говорить непристойности. Оргиастические элементы имели место и в средневековом карнавале. В настоящее время данная традиция не забыта: видоизменившись, она нашла свое выражение в пикантных анекдотах, которые также рассказываются ради смеха.

Секс и искусство всегда рядом

Секс и искусство всегда шли рука об руку. Примером этого могут служить фольклор, живопись, графика, скульптура и т. д. Для каждой эпохи существовали свои идеалы, принципы изображения и создания подобных произведений искусства, которые зависели от того, каким было отношение к сексу и эротике: положительным или отрицательным.

Львиная доля всех известных произведений сексуальной тематики приходится на Древнюю Грецию, Древний Рим и Индию. Это объясняется наличием в культуре народов, населявших данные страны, множества обрядов, верований и культов, связанных с половыми органами и половым актом.

Мы уже говорили о том, что в Средневековье отношение к сексуальности было двойственным: с одной стороны, существовала христианская мораль с ее антисексуальными догмами, с другой — карнавал, продолжавший традиции древних оргиастических праздников. Все это накладывало на культуру и сознание людей свой отпечаток. Так, например, купание нагишом было делом обычным, а вот вынужденное обнажение перед другими считалось большим унижением. Данное положение объясняет тот факт, что средневековое искусство не боялось наготы как таковой и не стеснялось ее изображать. Однако при этом вовсе не считалось, что обнаженная натура носит эротический характер: живописец изображал тело как символ хрупкости и ранимости, а также унижения, невинности или нечистоты.

В эпоху Возрождения ситуация кардинально изменилась: обнаженная натура стала символизировать силу и красоту человека и многое зависело от личностного отношения живописца к изображаемой модели. Такой поворот способствовал появлению произведений эротического характера, что большинством воспринималось как нечто непристойное и достойное осуждения. Так, например, произведение Микеланджело «Давид» (1504) вызвало настоящий скандал как в среде духовенства, так и среди простых обывателей. Полотна Караваджо, Веронезе, Гверчино, Гвидо Рени и других живописцев подвергались аналогичной критике и несправедливым нападкам.

В XVIII веке эротика обособляется и уходит в подполье, где создаются свои клубы, способствующие распространению всего, что находилось за пределами официального искусства. Особо здесь стоит выделить творчество маркиза де Сада, мастера порнографии, и его романы «Жюстина, или Злоключения добродетели», «Новая Жюстина...», а также книги «Философия в будуаре», «Сто двадцать дней Содома».

В литературе также было не все гладко. В сочинениях сентименталистов и романтиков образ т. н. высокой любви чуть ли не полностью десексуализировался. Любовное чувство в этих произведениях передано как чисто платоническое, полное уважения, нежности и религиозного экстаза. Те, кто отступал от общепринятых норм, обвинялся в разврате.

Что касается Руси, то и здесь, несмотря на яростные протесты и запреты со стороны религии, имели место соответствующие произведения искусства. Однако из-за цензуры все исследования по данной проблеме впервые были опубликованы не на родине, а далеко за ее пределами. Среди наиболее известных можно назвать сборник В. И. Даля «Русские заветные пословицы и поговорки» (слово «заветный» здесь употреблено в значении «задушевный, тайный, свято хранимый»), впервые опубликованный в Гааге в 1972 году; сборник Афанасьева «Русские заветные сказки», регулярно переиздаваемый в Англии и Германии; исследование русского мата Успенского, опубликованное в Венгрии в журнале «Студия славика» (1983–1987 годы); первая и единственная монография и альбом А. Флегона, посвященные русскому эротическому искусству, под названием «Эротизм в русском искусстве», увидевшая свет в 1976 году в Лондоне.

Помимо литературы, эротические элементы встречаются и в русской живописи: лубочные картинки, иконы (например, «Символ веры», 1780-е годы), полотна Бориса Кустодиева «Красавица» (1915) и «Русская Венера» (1926) и др.

Человек учился у животных

Безусловно, многие не раз были свидетелями спаривания животных, и это, конечно, всегда вызывало самые разнообразные вопросы, касающиеся технических тонкостей процесса, эмоционального состояния и т. д.

Впервые попытка сопоставления сексуального поведения человека и его братьев меньших была отражена в работе Форда и Бича. В этой книге была представлена вся известная в то время информация, касающаяся способов соития, стимуляции половых органов, способов привлечения партнера, мастурбации, гомосексуальных отношений, половых сношений между особями разных биологических видов и в разных человеческих обществах.

Ученые установили, что представление о том, будто бы сексуальное поведение животных полностью инстинктивно и поддерживается заложенной в организме специальной программой, неверно. На самом деле, наряду с генетической программой, имеют место механизмы специального научения. Иначе каким образом можно объяснить тот факт, что физиологически здоровое животное оказывается неспособным к деторождению? Кроме того, была выявлена несостоятельность

> С развитием науки об особенностях поведения животных было написано множество работ, анализирующих функцию воспроизводства и сексуальное поведение различных видов животных, включающее такие аспекты, как сексуальные реакции отдельной особи, способы сношения и взаимодействия самца и самки на разных этапах коитуса, а также связь всех этих особенностей с закономерностями стадной жизни наблюдаемых особей.

терминологии, состоящей сплошь из человеческих терминов, не подходящих для объяснения сексуального поведения животных; а также стало понятным, что сексуальное поведение братьев меньших нельзя рассматривать только как процесс репродукции.

Отсутствие знания филогенеза мешает полному осознанию всех тонкостей и особенностей сексуальности человека. Однако при изменении филогенеза нужно быть очень осторожным, и дело здесь не только в недостатке сведений. Об этом предупреждал еще известный ученый Бич, говоря, что описательный уровень межвидового сравнения прежде всего обращает внимание на формальные сходства в поведении, которые, по сути, мало что дают. Так, например, отмечено, что некоторые самцы норки причиняют своим партнершам физическую боль. Однако данные сведения, рассматриваемые по отдельности, не могут объяснить друг друга. Гомосексуальное поведение некоторых животных также никак не объясняет аналогичное поведение людей. Следовательно, аналогия — это не только не доказательство, но и не объяснение.

Нельзя забывать о том, что большинство «очевидных» для неспециалиста обобщений кажется профессионалу либо ошибочным, либо сильно упрощенным. Так, Мелвил Д. Коннер выделил четыре подобных неверных заключения следующего содержания:

1. «Онтогенез повторяет филогенез». В этом утверждении есть доля истины: в поведении детей, безусловно, есть нечто общее с поведением молодых животных, но отнюдь не правомерно выискивать прообразы детского поведения в поведении взрослых животных этого вида.

2. «Чем „сложнее" животное, тем медленнее его развитие, тем менее развито оно в момент рождения и тем пластичнее его поведенческий репертуар». Данное утверждение также представляет собой слишком грубое обобщение. Пока еще нет таких методов, которые позволили бы разделить животных с точки зрения иерархии. Что касается пластичности, то хотя она и варьируется даже у близких видов, но при этом далеко не всегда связана с медлительностью развития (уровень развития — понятие сложное и неоднозначное, находящееся в зависимости не только от общих филогенетических особенностей, но и от специфических условий существования; кроме того, разные органы и поведенческие системы развиваются с разным темпом).

> На данный момент уже доказано, что чем выше уровень биологической организации вида, тем сложнее система его репродуктивных органов и способов ее регуляции. Данное правило распространяется и на закономерность непосредственно сексуальной функции.

3. «Если какое-то поведение филогенетически широко распространено, оно является „фиксированным образом действия", или „инстинктом", и, следовательно, генетически обусловлено, так что бессмысленно пытаться изменить его». В этом утверждении все не соответствует дейст-

вительности. Прежде всего аналогия — это не гомология. Далекие друг от друга животные часто сталкиваются со схожими проблемами и одинаково разрешают их, однако при этом они пользуются совершенно разными механизмами. Крылья насекомых развились из туловища, птиц — из передних конечностей, а летучих мышей — из пальцев. Кроме того, «фиксированные структуры действия», которые раньше назывались инстинктами, появляются на свет разными путями (в том числе и путем научения). И последнее: даже генетические свойства при соответствующих условиях способны изменяться.

4. «Если животные столь различны, нужно обращать больше внимания на тех, что стоят ближе к человеку, т. к. это более поучительно». В данном утверждении есть доля истины, однако всегда необходимо учитывать, что именно подлежит сравнению. Так, например, по установлению «парных союзов» и способам обучения такие животные, как львы и лисицы, стоят к человеку намного ближе, чем шимпанзе.

Лабораторные опыты над животными показали, что, если у самца белой крысы удалить 20% коры головного мозга, его сексуальность останется в норме; если же удалить половину коры, то спариваться при таких условиях сможет примерно пятая часть этих животных.

Эволюция сексуального поведения представляет собой наглядный пример перехода от жестко запрограммированного поведения к гибкому и избирательному. Так, у самцов насекомых центр регулирования поведения при соитии расположен в нервных узлах на животе; что касается мозга, то он преимущественно способствует торможению. Поэтому некоторые виды насекомых могут совершать соитие, даже будучи обезглавлены. А вот у позвоночных особенности сексуального поведения определяются объемом головного мозга.

При повреждении лобных долей у котов копуляция (то же, что и коитус) нарушается: в присутствии самки, у которой течка, у самца наблюдается сильное половое возбуждение, однако при этом он не способен скоординировать движения для интромиссии (введения полового члена во влагалище). Еще более чувствительны к подобным нарушениям мозга приматы. Итак, с увеличением размера мозга повышается значение социального научения и индивидуального опыта и снижается эффективность гормональной регуляции.

Наблюдается и тенденция к усложнению структуры сексуального поведения. Несмотря на то что первоначально сношения носили репродуктивный характер, ни одно животное не спаривается специально ради продолжения рода. Для того чтобы понять копулятивное поведение животных, необходимо уяснить, что представляют собой стимулы, подталкивающие их к этому. Почти у всех млекопитающих копулятивный цикл носит сезонный характер и ограничен временными рамками (спаривание происходит только в период течки). Так как поведение все время находится под гормональным контролем, половое влечение наступает как бы автоматически. Что касается приматов и человека, то здесь все несколько иначе. Сексуальная активность постепенно отделяется от функции воспроизводства. У человека половая жизнь вообще не ограничена и не связана с женским менструальным циклом.

Обособление секса от репродукции ведет к увеличению разнообразия его форм, он становится более избирательным не только в отношении своих объектов, но и в отношении условий и способов осуществления. Рассмотрим это на примере опытов, проводимых разными учеными, занимавшимися данной проблемой.

Впечатляют опыты над приматами, проведенные Г. Харлоу и его ассистентами в середине 1970-х годов. Выращивая животных приблизительно в тех же условиях, что были описаны в предыдущих опытах, исследователи пришли к заключению, что макаки-самцы, выросшие в изоляции от ровесников, но при наличии матери, не способны к нормальному половому сношению. Причем в будущем данный дефект не подлежит коррекции.

В начале 1940-х годов Бич изучал зависимость сексуального поведения крыс от условий их развития. Он поделил подопытных на две группы: крысята-самцы изолировались от матери в возрасте 21 дня; первую группу составляли крысята, выращенные без общения с самками, а вторую — крысята, которые находились в полной изоляции друг от друга.

В результате у самцов первой группы нарушений не наблюдалось; что же касается подопытных второй группы, то по достижении половой зрелости у них наблюдался явный недостаток копулятивных навыков (они совершали больше неправильных наскоков, нежели самцы первой группы).

В 1970-е годы русские физиологи В. В. Антонов и М. М. Хананашвили проводили опыт с щенками-самцами, в котором задействовали 21 особь. Все животные были поделены на шесть групп: первая (контрольная) группа выращивалась вместе с матерью и ровесниками, вторая — только с матерью (без других щенков), третья — без матери, но с щенком-самкой, четвертая — в полной изоляции, пятая — со взрослым самцом и щенком того же пола, а щенки шестой группы с момента рождения были отданы на воспитание кошке.

Что же получилось? Подопытные, выращенные без матери, без общения со взрослыми особями или без контактов с самками, не обнаружили в раннем возрасте существенных отклонений в копулятивном поведении (по сравнению с контрольной группой); зато из шести самцов, выращенных без других особей того же возраста, только двум удалось несколько раз достичь интромиссии. Но даже после нескольких успешных спариваний их копулятивные навыки остались прежними, нисколько не изменившись в лучшую сторону.

Как замечает Бич (чья работа стала классической), половые сношения животных, живущих в стаде, осуществляются в выработанной системе отношений с другими особями стада. Так, например, самка, занимающая господствующее положение в собачьей своре, способна помешать самцу спариваться с другой самкой; самец обезьяны низкого ранга не осмеливается при-

Возраст, в котором особи разных видов начинают спариваться, во многом зависит от социальной организации, свойственной данному виду. Половые сношения морских свинок начинаются сразу после того, как семенники самцов обретают способность производить зрелую сперму, а вот самец павиана, прежде чем получить доступ к самкам, должен сначала завоевать определенное положение в стаде.

близиться к самке во время течки до тех пор, пока от нее не отойдет самец более высокого ранга.

Если говорить о генетических функциях самца и самки, по логике полового диморфизма каждый выполняет то, что заложено в него природой: самец стремится оплодотворить как можно больше самок, а самка — следить за сохранением потомства и унаследованных качеств. Но неправильно было бы думать, что самец всегда господствует над самкой. И хотя ему в основном отводится главенствующая роль во время ухаживания, самка не просто становится его добычей (нельзя забывать и о внутреннем отборе: за право обладания самкой самцы всегда устраивают поединки), у нее всегда есть выбор, на который влияют не только и не столько физические данные, сколько наличие материальных ресурсов, ведь от этого зависит благополучие будущего потомства.

Что касается типов сексуального поведения животных, то они отличаются большим разнообразием: для одних характерны на первый взгляд беспорядочные половые контакты, для других — длительное совместное проживание пар. Больше всего второй вариант подходит для тех видов, где самка просто физически не способна вырастить детенышей одна. Причин масса: трудности в добывании пищи, необходимая охрана потомства от врагов, длительный период взросления и т. д.

Но в тех случаях, когда самка может прекрасно обходиться без помощи со стороны самца, необходимость в длительном сосуществовании пары отпадает.

Но, как уже не раз упоминалось выше, сексуальное поведение животных далеко не всегда связано с воспроизводством. Как и у людей, многие сексуальные реакции носят принципиально знаковый характер, выполняющий функцию общения. В качестве наглядного примера можно предложить такую реакцию, как эрекция и последующая демонстрация полового органа. Нужно заметить, что эрекция, по сути, относится к группе непроизвольных реакций и является результатом не только полового возбуждения, но и страха, агрессии, эмоционального напряжения. Такая реакция свойственна даже молодым особям (в том числе и человеку), выпячивающим свой детородный орган подобно тому, как это происходит при половом сношении.

Способ научения демонстрации эрегированного полового члена в стаде обезьян достаточно прост: пока детеныш еще маленький, на его эрекцию не обращают внимания, но как только он становится половозрелым, подобный жест воспринимается взрослыми самцами как агрессия, за что они жестоко наказывают «провинившегося». С этого момента, наученный горьким опытом, молодой самец контро-

Интересно, что подобные телодвижения зачастую имеют знаковый характер. Так, исследователи Д. Плоог и П. Мак-Лин, наблюдавшие за жизнью обезьян саймири, не раз были свидетелями того, как один самец демонстрировал другому эрегированный половой член. И если тот, кому адресовался сей жест, не принимал соответствующей позы подчинения, он немедленно подвергался нападению. Кроме того, было установлено, что в стаде существует жесткая иерархия относительно того, кому можно демонстрировать половой член, а кому нет. Нечто подобное существует и у других видов приматов, в частности у павианов, горилл и шимпанзе.

В качестве устрашения этот жест применяется и по отношению к чужакам. В. Виклером были зафиксированы наблюдения за павианами, которые занимались охраной стада, пока остальные сородичи поглощали пищу. Охранники усаживались в хорошо просматриваемых местах, расставляли нижние конечности и демонстрировали частично эрегированный половой член.

По всей видимости, подобное поведение сыграло далеко не последнюю роль в становлении древних фаллических культов, отголоски которых до сих пор имеют место в подсознании людей. Речь об этом пойдет чуть позже. А пока рассмотрим вопрос, касающийся гомосексуальности животных. Этот феномен не раз наблюдался у разных видов как по отношению к самцам, так и к самкам. Многие исследователи отождествляют такое поведение животных с поведением людей, однако еще Бич говорил о несостоятельности этого утверждения, считая, что оно надуманно.

Так, сексуальное поведение любого вида животных вызывает сходную реакцию у потенциального партнера. Характерно, что при этом маскулинная реакция (стимул), как правило, вызывает фемининную, и наоборот. Если бы стимул и реакция на него происходили независимо от пола, то поведение всех животных было бы бисексуальным. Однако это не соответствует действительности, каждый вид по-разному воспринимает такие стимулы: гомологические реакции (соответствующие биологическому полу) возникают легче и быстрее, нежели гетерологические (не соответствующие биологическому полу).

Согласно исследованию американского ученого-зоолога Р. Деннистона, гомосексуальный контакт животных не является результатом каких-либо физиологических или гормональных отклонений: в большей степени его можно объяснить ситуативным поведением.

Следует выделить наиболее распространенные причины вступления животных в гомосексуальный контакт. Во-первых, сложности с распознанием реального пола партнера. Так, например, лягушки и жабы не способны различать пол сородича на расстоянии, а потому наскакивают на любую особь своего вида, а далее действуют соответственно ответной реакции: самка уступает, а самец прогоняет себе подобного. А вот жеребцы и быки, находящиеся в возбужденном состоянии, могут наскакивать не только на сородичей одного с ними пола, но и на неодушевленные предметы. Впрочем, при появлении самки они понимают ошибку и переключаются на потенциальную партнершу.

Во-вторых, довольно распространена ситуация, когда животные при помощи сексуального поведения устанавливают иерархические отношения. При этом в некоторых случаях копулятивные позиции только имитируются, хотя не исключен и сексуальный контакт. Подобное поведение наблюдалось у таких животных, как овцы, горные козы, ящерицы, обезьяны, дельфины и др.

В-третьих, сексуальный контакт иногда может быть одним из элементов игры молодняка. Такая ситуация характерна для большинства млекопитающих. Наблюдались и случаи взаимной мастурбации у однополых животных.

У приматов «подставление» может быть как примирением после ссоры, так и выражением дружеской привязанности. Что касается реального полового контакта, носящего гомосексуальный характер, то он крайне редок и в основном является следствием индивидуального развития, когда животные воспитываются изолированно от особей противоположного пола и все их привязанности сосредоточены только на себе подобных.

Что касается человеческой гомосексуальности, то ученые (особенно психологи) выступают против отождествления человека с животными, полагая, что здесь имеет место своеобразная эротическая ориентация.

В заключение хотелось бы сказать, что поскольку сексуальное поведение является многофункциональным, то для того, чтобы раскрыть все его пока еще не разгаданные тайны, одной биологией не обойтись.

ГЛАВА 2

Секс и возраст

В этой главе пойдет речь о сексуальных отношениях в преклонном возрасте, а также о так называемых парах «май — сентябрь» (т. е. о тех случаях, когда один из партнеров значительно моложе другого).

Пенсия на горизонте, а они туда же

Как хочется быть всегда молодым и красивым, однако процесс старения неизбежен. При этом не стоит думать, что в пожилом возрасте уже не доступны те радости жизни, без которых невозможно обойтись в молодости. Регулярные занятия физкультурой, соблюдение диеты, косметические процедуры и, конечно, секс ни в коем случае не должны восприниматься как исключение из правил размеренной привычной жизни. Нельзя не отметить, что сексуальная реакция с возрастом претерпевает значительные изменения, однако это еще не повод отказываться от удовольствий. Важно помнить, что и в старости мужчина и женщина продолжают оставаться представителями различных полов, сексуальные фантазии могут по-прежнему будоражить их воображение независимо от того, с кем и как часто они занимаются сексом.

Для многих пар секс в пожилом возрасте предстает в новом свете, да оно и понятно: сказывается многолетний опыт общения, когда люди понимают друг друга с одного взгляда или слова и знают, как доставить партнеру наибольшее удовольствие. Кроме того, появляется много свободного времени и, самое главное, отпадает необходимость в использовании контрацептивных средств, исчезает страх перед незапланированной беременностью.

Очень часто престарелые люди заменяют половой акт другими видами секса — оральным сексом или взаимной мастурбацией, что вполне нормально и вовсе не означает, что партнеры уже не получают от сексуальных отношений никакого наслаждения. Женщины в возрасте обычно занимают активные позиции, стараясь помочь возбудиться партнеру. Наиболее распространенными положениями партнеров преклонного возраста во время полового акта являются позы «женщина сверху» и «оба партнера на боку». Первая из них дает возможность женщине контролировать ситуацию, а мужчине — расслабиться и получить удовольствие; вторая же позволяет им обоим не очень напрягаться.

> Необходимо отметить, что взаимопонимание, взаимопомощь, умение приспосабливаться к изменениям, происходящим в организме, приобретают на стадии старения особую важность. Мужчинам не следует забывать о том, что женщины любят ушами, а женщины не должны принижать чувство собственного достоинства своего партнера. Фантазия, как и в молодости, поможет избежать превращения сексуальных отношений в простое выполнение супружеского долга.

Распространенные предрассудки о том, что секс — это не для старых, не должны приниматься во внимание. Только сами партнеры могут определить длительность своих половых отношений. Нельзя стесняться обращаться к врачу в случае возникновения каких-либо физических или психических проблем, препятствующих продолжению сексуальной жизни. Выход из любых положений всегда найдется, нужно лишь не опускать преждевременно руки.

Старость и сексуальная жизнь мужчин

Как правило, основными преградами для сексуальных отношений в преклонном возрасте становятся болезни, травмы и т. д. Кроме того, лекарства (успокаивающие средства, снотворные, регуляторы артериального давления), к которым особенно часто прибегают пожилые люди, также сказываются на половых функциях, затрудняя эрекцию. Естественное уменьшение сексуального влечения у мужчин происходит после 50 лет, что связано со снижением в организме уровня гормона тестостерона, вырабатываемого яичками и способствующего эрекции пениса. С возрастом сексуальное возбуждение наступа-

Следует подчеркнуть, что психологические причины (стрессы, депрессии и т. д.) и неправильный образ жизни (постоянное переедание, отказ от физкультурных упражнений, вредные привычки) также приводят к проблемам с эрекцией. Поэтому, прежде чем обращаться к врачу с просьбой о внедрении имплантанта тестостерона или назначении курса гормональных препаратов, будет нелишним подумать о том, как самим изменить свою жизнь в лучшую сторону.

ет все медленнее и медленнее, оргазм теряет свою интенсивность, а периоды между возможными эрекциями постепенно увеличиваются. Если в молодости мужчина способен возбуждаться только при одной мысли о женщине, то по мере старения все большее значение приобретает прямая физическая стимуляция пениса.

Старость и сексуальная жизнь женщин

В определенный период жизни у любой женщины наступает менопауза, что, выражаясь медицинским языком, означает перманентное угасание менструальных периодов. В это время в организме происходят различные физические и физиологические изменения, например снижение уровня вырабатываемых яичниками гормонов (эстрогена и прогестерона). Постепенно угасает репродуктивная функция организма.

К симптомам менопаузы относятся внезапные приливы крови, обильное потоотделение в ночное время, потребность более частого мочеиспускания. Все эти проявления можно смягчить или устранить вовсе при помощи специальных курсов терапии, восстанавливающих гормональный баланс. Многих женщин беспокоит сухость влагалища

и снижение сексуальных позывов. Помочь в этом случае могут близкие отношения с партнером и взаимопонимание, а также адаптация к занятиям любовью по-новому, например увеличение времени, затрачиваемого на прелюдию к сексу. Кроме того, существуют и различные препараты, заменяющие естественную влагалищную смазку («K-Y jelli» или «Senselle»).

Контрацептивы в пожилом возрасте: нужны ли они?

Хотя контрацептивы в преклонном возрасте и не нужны, важно помнить о том, что нельзя прекращать их использование при первых же признаках менопаузы. Лучше всего подождать до тех пор, пока не пройдет минимум два года с момента окончания последнего менструального цикла.

Набор противозачаточных средств для женщин преклонного возраста неограничен.

Однако желательно применять те, которые способны противостоять признакам и симптомам менопаузы. В том случае, если женщина проходит курс гормональной терапии, ей следует проконсультироваться у специалиста по поводу использования каких-то негормональных контрацептивов.

> Наиболее часто женщины в пожилом возрасте для предотвращения нежелательной беременности прибегают к барьерным или внутриматочным контрацептивам (презервативам, диафрагмам, цервикальным колпачкам, спирали). Главным достоинством таких средств является возможность совмещения их применения с курсом лечения, восстанавливающим гормональный баланс.

Разница в возрасте — какая разница?

Некоторые люди, глядя на пары с большой разницей в возрасте между партнерами, задаются вопросами, могут ли они быть счастливы; не из-за денег ли красивая девушка предпочла не производящего впечатления старичка молодому герою-любовнику. Но у пожилого человека за плечами богатый жизненный опыт: он знает, как удовлетворить своего более молодого партнера. Так почему бы здоровым, любящим друг друга людям не быть счастливыми в таком союзе, тем более что половые акты между мужчиной (женщиной) в пожилом возрасте и молодой партнершей (партнером) имеют свои преимущества.

Как правило, у пожилого мужчины в ходе любовной игры эрекция наступает гораздо медленнее, что нравится женщинам, предпочитающим длительную прелюдию перед сношением. Влагалище молодых женщин увлажняется смазкой значительно обильнее, чем у женщин преклонного возраста, что очень удобно для пожилых мужчин, которые могут ввести свой половой член в столь благодатную среду и без полной эрекции, а затем провести полноценный половой акт.

Молодой женщине такое осторожное проникновение может показаться более предпочтительным по сравнению с резким и грубым вторжением пениса и быстрой эякуляцией молодого человека.

Можно привести еще несколько преимуществ полового акта между пожилым мужчиной и молодой женщиной.

1. Влагалище молодой женщины способно выделять достаточное количество смазки в течение длительного времени, что очень хорошо для обоих партнеров. Ведь мужчина в преклонном возрасте умеет контролировать эякуляцию и заканчивает половой акт достаточно медленно, что является его важнейшим преимуществом перед более молодым человеком.

2. Тесное, упругое влагалище молодой женщины как нельзя лучше возбуждает половой член пожилого любовника.

Самое важное то, что стареющего человека неизменно привлекают юность и свежесть партнерши. Она же в свою очередь попадает в атмосферу покоя и доверия, которую способен создать опытный мужчина. Именно поэтому многие девушки охотно вступают в любовную связь с мужчинами в пожилом возрасте.

Несколько слов необходимо сказать и о тех случаях, когда женщина старше своего партнера. Застенчивый или неопытный молодой человек постигает искусство любви под руководством опытной женщины, способной понять сексуальные затруднения своего партнера. Растянутое влагалище пожилой женщины препятствует преждевременной эякуляции, а она сама возбуждается при виде или ощущении внутри себя полноценно эрегированного члена молодого мужчины. Сочетание полового влечения и материнской любви, проявляемой женщиной в преклонном возрасте к своему любовнику, благотворно влияет на их отношения.

ГЛАВА 3

Традиционный секс

Секс (франц. sexe, от лат. sexus — «пол») в современном русском языке то же, что сексуальность, т. е. совокупность психических реакций, переживаний и поступков, связанных с проявлением и удовлетворением полового влечения.

Каким скучным и бесцветным кажется это определение по сравнению с тем миром сильных чувств и безумных страстей, который мы обретаем благодаря сексу. Даже чтение учебников по сексу более эротично, хотя и напоминает поваренную книгу: возьмите немного этого и еще чуть-чуть того, и получится вкусное и полезное блюдо. Однако каждая хозяйка знает, что можно сделать так, а можно по-другому, каждый раз немного иначе.

Так же и в постели. Существует только три неизменных правила:

1. В сексе возможно все, кроме того, что скучно.

2. Следовать советам других людей можно, но лучше делать то, что хочется тебе самому и твоему партнеру.

3. Допустимо только то, что хорошо для обоих. Постоянная забота о партнере разнообразит вашу сексуальную жизнь.

Неисчерпаемы сексуально-эротические возможности человека. Трудно даже представить весь тончайший набор инструментов. Каждое общество создает, исходя из физиологических, психологических и культурных норм, собственную последовательность сексуальных действий, соответствующую разным уровням интимности: взгляды, поцелуи, робкие прикосновения, страстные объятия, половой акт. Мужские и женские критерии дозволенного поведения во многом не совпадают, но кое в чем они все же едины: чем запретнее действие, тем оно интимнее, интереснее, тем сильнее оно возбуждает.

На пути достижения максимального наслаждения не пытайтесь испытать все возможные способы, лучше выбрать определенный круг приемов: именно так вы сможете понять друг друга и застраховаться от сексуального пресыщения.

Как известно, накопленный опыт можно всегда обобщить и выделить из него основу, секс в этом отношении не исключение. Итак, принято говорить о шести так называемых базовых сексуальных позах, остальные же в таком случае являются их вариантами.

1. *Мужчина сверху.* Эту позицию также называют миссионерской, т. к. она считается наиболее традиционной и естественной, церковь же всегда была против различных извращений, в число которых попадали и сексуальные позы.

Сначала партнеры стимулируют друг друга, после чего женщина принимает положение лежа на спине и раздвигает ноги, а мужчина ложится сверху и вводит пенис во влагалище.

2. *Женщина сверху.* В данной позиции мужчина лежит на спине, женщина сидит сверху,

расставив ноги по обеим сторонам его бедер. Меняя положение ног, можно увеличивать или уменьшать глубину проникновения пениса во влагалище.

3. *Мужчина сзади.* Женщина стоит на коленях и опирается на руки. Мужчина находится сзади и вводит пенис ей во влагалище.

4. *Боковая позиция.* Партнеры лежат на боку лицом друг к другу или в положении мужчина сзади (т. н. поза ложки).

5. *Оба партнера сидят.* Одна из самых популярных поз этого типа — та, при которой мужчина сидит на кровати или диване, а женщина садится на него сверху.

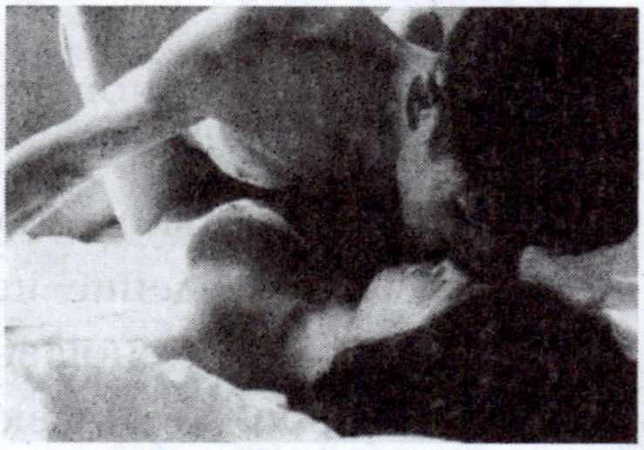

6. *Оба партнера стоят.* Партнеры стоят лицом друг к другу. Для того чтобы ввести пенис во влагалище, женщина должна приподнять ногу и немного вывернуть ее, затем она может опустить ее или положить на бедро партнера. Чтобы положение стало более устойчивым, партнерша может спиной упереться в стену.

Все вышеперечисленные позы, как и любые их вариации, предполагают проникновение пениса во влагалище. Но это лишь малая часть из всего многообразия способов сексуального общения. В настоящее время распространены (особенно среди молодежи) также орально-генитальные и анально-генитальные контакты, в которых используются рот и анальное отверстие.

Существует две формы орально-генитальных контактов: фелляция и куннилингус.

Фелляция (от лат. fellare — «сосать») — стимулирование ртом мужского полового члена (часто называют «минет» или «любовь по-французски»).

Во время близости важно больше внимания уделять психологическому аспекту: ласковые слова, выразительная интонация доставят партнеру больше удовольствия, чем точное следование технике выполнения различных позиций.

Куннилингус (от лат. cunnus — «вульва» и lingus — «язык») — стимуляция женских половых органов ртом и языком партнера.

Позиция, в которой куннилингус и фелляция совершаются одновременно обоими партнерами, называется «69».

Анально-генитальные контакты подразумевают введение пениса в задний проход. Ранее подобные сношения ассоциировались исключительно с гомосексуализмом, но их практикуют и гетеросексуальные пары.

Первая близость — это серьезно

В современном обществе существует три различных мнения о том, стоит ли начинать интимную жизнь до бракосочетания, и если да, то когда же именно юноши и девушки могут вступить в мир чувственных наслаждений. Свое мнение по поводу этих вопросов высказывают психологи, сексологи, гинекологи, представители духовенства.

Люди старшего возраста (и не только они) считают, что невинность нужно сохранять до брака, мотивируя свою точку зрения медицинскими (организм еще не готов к таким нагрузкам), психологическими (неудачи в юности могут обернуться серьезными проблемами в будущем), нравственно-этическими (традиции есть отражение жизненной необходимости) и многими другими доводами.

Но и другой взгляд на эту проблему имеет право на существование. Его сторонники (как правило, молодежь) полагают, что человеку необходимо предоставить возможность самому решать, когда, где и с кем начинать половую жизнь.

И, наконец, третье мнение. Некоторые молодые люди полагают, что девственность создает лишние проблемы и от нее нужно избавиться как можно раньше.

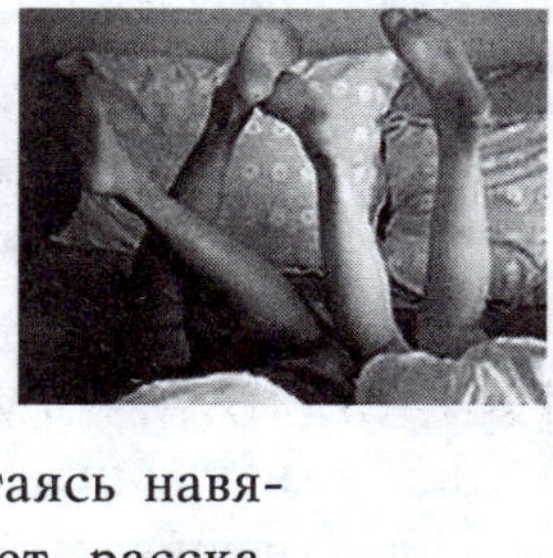

Сомнительно, что когда-нибудь будет найден такой подход к данной теме, который удовлетворил бы абсолютно всех. Но, наверное, это и к лучшему, ведь каждый волен выбирать то, что ему ближе. Мы, не пытаясь навязать читателю свое мнение на сей счет, расскажем, какие психологические и физиологические препятствия ждут новобрачных или тех, кто решил, что ему уже пора вступить в мир секса.

Первый сексуальный опыт скорее прелюдия к настоящему сексу, и цель ее обычно заключается не в получении удовольствия, а в познании мужчиной и женщиной друг друга. Поэтому не стоит ожидать от первого раза слишком многого, в особенности если оба партнера не имели ранее сексуальных контактов.

Девственная плева (гимен) — тонкая кожица, прикрывающая вход во влагалище. При первом сексуальном контакте она, как правило, разрывается, но так бывает не всегда. В некоторых случаях дефлорация происходит только во время родов, что обуславливается индивидуальными размерами, толщиной и эластичностью гимена у разных женщин.

Используя статистические данные, можно сделать вывод, что большинство девушек, имевших сексуальные контакты в 14–16 лет, шли на это не столько ради удовлетворения собственных потребностей, сколько по настоянию партнера.

Необходимо отметить, что, хотя для девочек характерно более раннее половое созревание, потребность в чувственных наслаждениях у них пробуждается несколько позднее, чем у мальчиков. Вместе с тем желание эмоциональной близости с партнером и способность к глубоким интимным переживаниям возникают в довольно юном возрасте.

В отличие от мужчины, способного достигнуть оргазма во время первого же полового сношения, его партнерша, как правило, испытывает высшее сексуальное наслаждение, приобретя уже некоторый опыт в интимной сфере. Необходимыми условиями для того, чтобы женщина со временем получила оргазм, являются внимание, нежность, забота и терпеливость ее любовника.

Часто во время первого полового сношения у девушек наблюдается судорожное сокращение мышцы, находящейся у входа во влагалище, что делает введение пениса крайне затруднительным или вообще невозможным. Такой спазм, называемый вагинизмом, в первую очередь объясняется психологическими причинами. Нужно отметить, что зачастую это не столько боязнь дефлорации (разрыва девственной плевы), сколько неуверенность: любит партнер на самом деле или хочет только секса.

Невинная девушка не знает, как будет реагировать партнер на их первое интимное сближение. А что делать при кровотечении? А не будет ли больно? А если ничего не получится? Многие подобные вопросы не дают возможности расслабиться и постараться получить удовольствие.

Иные вопросы терзают молодого мужчину. Сможет ли он ввести член? Не будет ли эякуляция преждевременной? А вдруг эрекции вообще не будет? Согласитесь, такой груз забот и страхов способен осложнить и без того непростое положение.

Часто бывает так, что у неопытного в интимных делах юноши эрекция вообще не наступает. Это временное явление обуславливается необычностью ситуации и чрезмерным волнением. Через некоторое время все придет в норму и попытку можно будет повторить.

Важнейшим для многих является вопрос, сможет ли он оправдать ожидания партнера. Казалось бы, все эти трудности непреодолимы. Но, как правило, сексуальное возбуждение и взаимное влечение подавляют смущение и страх.

Итак, изучив всю доступную информацию по данному вопросу, взвесив все за и против, молодые люди наконец решаются на интимную близость. Однако, прежде чем вступить в неизведанную область человеческих отношений, рекомендуется искренне ответить на следующие вопросы:

1. Уверены ли вы в том, что уже настало время перейти от теории к практике?

2. Является ли ваш партнер тем человеком, с которым вы хотите заняться сексом впервые?

3. Вы уже решили, каким именно способом будете предохраняться?

4. Верно ли вы выбрали время и место для первого опыта?

Если на все эти вопросы получен утвердительный ответ, то можно сказать, что предварительная подготовка прошла на высшем уровне.

Наверняка, стремясь произвести впечатление человека опытного, вы прочли массу литературы по технике секса, вдоль и поперек изучили «Камасутру», проконсультировались со старшими товарищами (или подругами). Но еще немного информации по данному вопросу никому не повредит.

Итак, советы начинающим.

1. Хорошей прелюдией к половому контакту являются ласки. Как правило, сначала стимулируют эрогенные зоны на голове, затем область от шеи до пупка и лишь после этого переходят к наиболее интимным участкам тела партнера.

2. Любовная игра должна быть достаточно продолжительной, тогда партнерам удастся из-

бежать дискомфорта: влагалище женщины, обычно медленнее возбуждающейся, чем мужчина, увлажнится, что облегчит введение полового члена.

3. Границы дозволенного у мужчины и женщины могут быть различными, поэтому необходимо внимательно следить за реакцией партнера на то или иное воздействие, чтобы не смутить или не испугать его.

4. Интенсивные ласки допустимы только при непосредственном половом контакте, но для первого раза лучше все же воздержаться от сильных воздействий и обойтись нежными поцелуями и поглаживаниями.

5. Не следует забывать, что область промежности — самая чувствительная эрогенная зона на теле человека, поэтому ее стимуляция должна быть продолжительной и интенсивной.

Для того чтобы половой контакт доставил мужчине и женщине удовольствие, необходимо стремление обоих партнеров стать друг для друга источником максимального наслаждения и сознание того, что желание любовника так же велико, как и собственное.

6. Для первого полового акта лучше всего подобрать такую позицию, в которой направления пениса и влагалища будут максимально совпадать. Например, женщина кладет под ягодицы подушку, чтобы высоко приподнять таз, сгибает ноги в коленных суставах и обхватывает ими мужчину за талию. В таком положении дефлорация происходит наименее болезненно.

7. Если учесть, что эрегированный пенис почти всегда больше, чем влагалище, то, чтобы

сделать первый половой контакт по возможности менее болезненным, рекомендуется применять специальные увлажнители или презерватив со смазкой.

> После окончания полового акта очень важно, чтобы партнеры морально поддержали друг друга: нежные и ласковые слова, легкие прикосновения и так далее станут прекрасным завершением первого сексуального контакта.

8. Как правило, дефлорация сопровождается кровотечением или кровянистыми выделениями, поэтому в этот день (или ночь) лучше ограничиться одним половым актом. Если же кровотечение у партнерши будет повторяться и при последующих сексуальных контактах, то следует воздержаться от занятий сексом еще в течение нескольких дней.

Медицина на службе удовольствия

Секс — одно из главных удовольствий и радостей жизни. Но самое большое наслаждение таит в себе огромную опасность, ведь интимная близость — один из способов распространения многих инфекционных заболеваний. Болезни, передаваемые половым путем (их более 20), называются венерическими, и самой беспощадной из них является синдром приобретенного иммунодефицита, сокращенно СПИД, вызываемый вирусом иммунодефицита человека — ВИЧ.

Известно, что три четверти всех случаев ВИЧ-инфекции передаются половым путем. Сегодня в мире более 1,5 млн. больных СПИДом и 15 млн. носителей ВИЧ (люди, которые сами не больны, но могут инфицировать других). Каждые 15–20 секунд этот вирус поражает еще одного человека на Земле. Во Франции каждые два часа от СПИДа умирает один человек, а три человека вступают на путь, ведущий к гибели.

Люди, отказавшиеся от сексуальной жизни (например, священнослужители) или придерживающиеся строго моногамных отношений (в том случае, если партнеры разделяют их взгляды), более или менее застрахованы от венерических заболеваний. Неразборчивые, случайные связи с разными партнерами многократно повышают риск заражения и способствуют распространению всевозможных инфекций. Необходимость разработки эффективного контрацептивного средства связана не только с возможностью заражения инфекционными заболеваниями. Научные исследования в данной области обусловлены также и другой, не менее острой проблемой.

Идеальное противозачаточное средство, которое до сих пор не существует, должно отвечать нескольким требованиям: оно должно быть абсолютно надежным, дешевым, простым в употреблении, принципиально обратимым и не иметь побочных эффектов. Каждый из существующих способов предохранения на данный момент имеет свои недостатки и достоинства.

В 1995 году только в Англии и Уэльсе зафиксировано более 800 тыс. беременностей. Официальная статистика показывает, что не менее 20% из них не были желанными. По неофициальным данным, процент гораздо выше. Таким образом, очевидно, что потребность в надежной контрацепции очень велика. Человек не может чувствовать себя сексуально свободным, если он не властен управлять процессом деторождения.

Обе вышеназванные проблемы решать можно и нужно. Исследования в области создания надежных препаратов, способных предупредить беременность и предотвратить передачу инфекции, ведутся очень давно. Медиками разработано несколько способов контрацепции, но, к сожалению, ни один из них пока не дает 100%-ной гарантии.

Для того чтобы помочь читателю лучше ориентироваться в многообразии методов контрацепции, ниже приведены описания и основные характеристики наиболее распространенных противозачаточных средств.

Мужской презерватив

Мужской презерватив представляет собой тонкую оболочку, плотно облегающую пенис. Ранее для его изготовления применялась кожа животных, но в настоящее время более актуальными стали презервативы из латексной резины и полиуретана.

Презервативы можно всегда купить в аптеке, супермаркете, ларьке и т. д. Они продаются в упаковке и имеют форму трубки, облегающей головку пениса. Ранее все кондомы были одинаковыми по форме и цвету. В настоящее время можно приобрести презервативы самых разных цветов, размеров (большинству мужчин подходят презервативы стандартного размера, но встречаются исключения), ароматизированные, со вкусом фруктов. Большинство производимых ныне кондомов имеют смазку, которая делает половой акт более приятным. Кончик презерватива бывает или гладким, или соскообразным (последний вариант предпочтительнее, т. к. в презервативе в таком случае может помещаться гораздо больше спермы, чем в обычном).

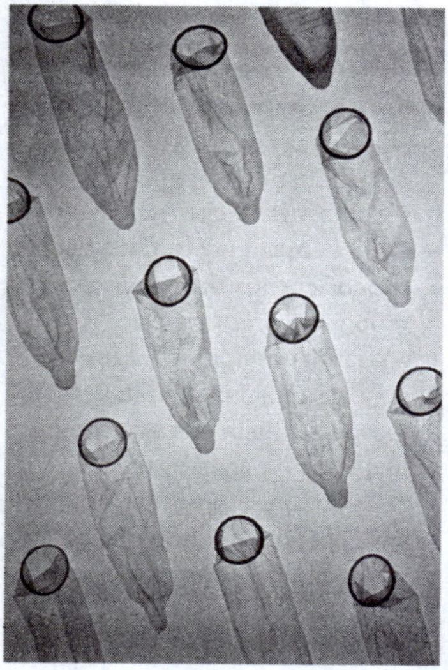

Способ применения. Предварительно выпустив воздух из кончика (это необходимо для того, чтобы осталось место для спермы), презерватив надевают на головку эрегированного пениса. Затем кондом аккуратно разворачивают вдоль всего члена.

Во избежание попадания сперматозоидов, содержащихся в секрете Купера (капля секрета Купера выделяется до наступления эякуляции), во влагалище, презерватив надевают до непосредственного контакта пениса с вагиной.

Вынуть презерватив из влагалища необходимо сразу же после эякуляции, до того как прекратится эрекция, иначе сперма может вылиться, в результате чего увеличивается риск нежелательной беременности. Вынимая пенис из влагалища, следует придерживать кондом у его основания.

При покупке отдавайте предпочтение презервативам известных торговых марок, их качество значительно выше. Помимо этого, кондомы проходят строгое тестирование. Хотя презерватив довольно прочен, обращаться с ним нужно осторожно, т. к. его относительно легко повредить ногтем или острым краем кольца. Презервативы не предназначены для многоразового использования, поэтому для каждого полового акта применяют новый кондом.

При использовании кондома из латексной резины не рекомендуется применять смазки или кремы на жирной основе (массажное масло, масло для ванн, вазелин и т. п.), т. к. они способствуют быстрому растворению презерватива. Кремы и смазки, имеющие водную основу, или спермицидная (разрушающая сперматозоиды) мазь не влияют на способность презерватива сохранять сперму, предотвращая ее попадание в вагину.

Преимущества и эффективность. Способность защитить от заражения венерическими заболеваниями, передающимися половым путем, — самое главное преимущество использования презерватива. Доступность и низкая цена кондомов позволяют приобретать их по мере необходимости.

Мужчина, использующий презерватив, способен оттянуть момент эякуляции за счет того, что кондом несколько притупляет чувствительность головки пениса.

Использование презерватива не нарушает химического баланса организма и не создает предпосылок для дисфункций, что может произойти при приеме таблеток или использовании внутриматочных противозачаточных средств.

Данный метод предохранения не оказывает влияния на детородную функцию партнеров. Кондомом можно пользоваться даже в период кормления ребенка грудью.

Презервативы различной формы и структуры вносят разнообразие в интимную жизнь партнеров и доставляют им дополнительное удовольствие. Если кондом в процессе использования каким-либо образом был поврежден, то это всегда точно известно, что позволяет своевременно воспользоваться другим контрацептивным методом. Данный метод практически безопасен для обоих партнеров. Правда, иногда встречаются случаи аллергической реакции на латекс. В подобных ситуациях можно воспользоваться противоаллергенными презервативами.

Негативные моменты:

— презерватив не подходит мужчинам со слабой эрекцией;

— необходимо иметь презерватив для каждого полового акта и соблюдать определенные правила при обращении с ним;

— кондом снижает чувствительность пениса;

— некоторые пары предпочитают иные методы контрацепции, мотивируя это тем, что презерватив снижает сексуальные ощущения и мешает проявлению их чувств друг к другу.

Эффективность предохранения с помощью кондома большей частью зависит от правильности его использования. Наиболее часто встречающиеся ошибки в применении презерватива — повреждение оболочки, проливание спермы или использование кондома после того, как член уже был введен во влагалище.

Женский презерватив

Женский презерватив представляет собой мешочек, по форме напоминающий влагалище. Он предназначен для защиты вагины и женских наружных половых органов от проникновения внутрь мужских выделений. Открытый конец этого презерватива оставляется снаружи у входа во влагалище, и в начале полового акта мужчина вставляет в него свой член.

Способ применения. Женский презерватив можно надеть заранее или непосредственно перед половым актом.

Для использования фемидома нужно сначала вставить во влагалище, за выступ тазовой кости, внутреннее кольцо, которое удерживает презерватив в течение всего полового акта внутри. Открытый конец кондома располагают перпендикулярно к женским наружным половым органам, в этом положении он должен оставаться после введения в него пениса. Перед тем как вытащить презерватив из влагалища, необходимо закрутить его свободный конец, чтобы избежать вытекания спермы.

В Англии наибольшую популярность завоевал женский презерватив, который называется фемидом. Он отличается от мужского тем, что вокруг его свободного конца и на внутренней части, около закрытого конца, имеются два кольца, которые надежно удерживают кондом во влагалище.

Женский кондом не рекомендуется использовать более одного раза.

Для увлажнения презерватива подходят как жирные, так и обезжиренные смазки, т. к. он изготовлен не из латекса, а из полиуретана.

Преимущества и эффективность. При условии правильного использования эффективность женского презерватива такая же, как и мужского (т. е. 98%).

Кондом надежно защищает от заражения инфекционными заболеваниями.

В отличие от мужского презерватива женский способствует большему контролю, обеспечивая при этом тот же уровень защиты.

Это средство контрацепции легкодоступно.

Женский презерватив надежно перекрывает путь сперме, в связи с этим отпадает необходимость вынимать пенис из влагалища сразу после эякуляции.

> Такое контрацептивное средство, как фемидом, подходит большинству женщин и может быть использовано ими на протяжении всего репродуктивного периода жизни.

Данный способ контрацепции подходит даже для мужчин со слабой эрекцией.

Если по каким-либо причинам презерватив окажется испорчен, это всегда заметно, что дает возможность применить иные методы предохранения от беременности.

При использовании контрацептивных таблеток или внутриматочных противозачаточных средств возможно нарушение химического баланса организма. Применение женского презерватива не влечет за собой этих неприятных последствий.

Негативные моменты:

— необходимо всегда иметь презерватив и соблюдать необходимые меры предосторожности, чтобы не повредить его;

— данный контрацептив не подходит для женщин со слаборазвитой вагинальной мускулатурой;

— Несомненно, что конец женского презерватива, выглядывающий из влагалища, смотрится не очень эстетично. Это влечет за собой снижение сексуального возбуждения;

— некоторые пары предпочитают иные методы предохранения, т. к. женский презерватив мешает проявлению их чувств друг к другу и вносит некоторую натянутость в отношения.

Диафрагма и колпачки со спермицидной мазью

Диафрагмы и противозачаточные колпачки предотвращают попадание спермы в матку.

Диафрагма по форме напоминает купол. Для ее изготовления используется латекс. В основании купола находится мягкий ободок, благодаря которому диафрагма удерживается во влагалище. Этот контрацептив может быть различных размеров и форм.

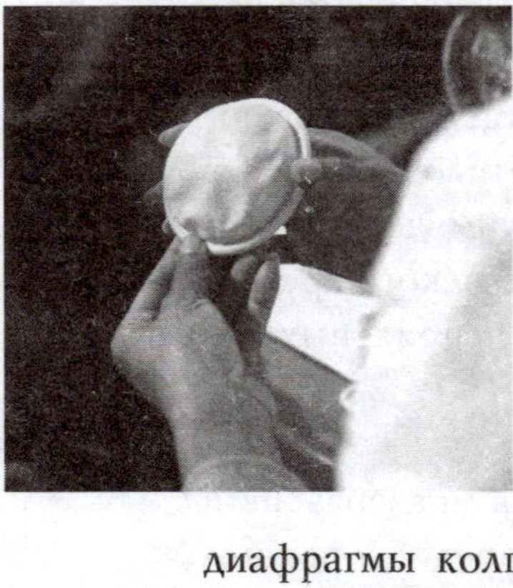

Цервикальный колпачок изготавливается из латексной резины. По размеру он меньше, чем диафрагма. Колпачок присасывается к шейке матки, чем и достигается противозачаточный эффект. В отличие от диафрагмы колпачок может применяться женщинами, у которых мышцы таза развиты слабо.

Способ применения. Перед установкой колпачок или диафрагму смазывают спермицидной мазью с одной или двух сторон в зависимости от их формы и свойств используемого состава.

Диафрагму и колпачок можно вставить во влагалище в любое время до генитального контакта, но необходимо учитывать тот факт, что если с момента установки контрацептива прошло более трех часов, то следует добавить спермицидной мази. Этот процесс может быть частью любовной игры и вносить разнообразие в интимную жизнь.

Контрацептив должен находиться во влагалище не менее 6 часов (это необходимо для того, чтобы продлить действие спермицидной мази), но не более 30 часов.

До снятия диафрагмы или колпачка принимать ванну или душ не рекомендуется, т. к. спермицидная мазь под действием воды теряет свои свойства, а сперма остается.

Каждый раз после использования колпачок или диафрагма должны быть вымыты с помощью неароматизированного мыла, просушены и лишь затем уложены в коробочку. Если в процессе осмотра колпачка или диафрагмы обнаружатся потертости, дырочки или иные повреждения, то контрацептив следует сменить.

Для колпачка или диафрагмы нужно использовать только специальные спермицидные мази или нежирные (на водной основе) кремы и мази. Применение лечебных мазей и жирных кремов влечет за собой повреждение контрацептива. Практикуя такой способ контрацепции, необходимо каждые 6–12 месяцев посещать врача. После родов, выкидыша или аборта, а также при потере более 3 кг веса следует обратиться к врачу, для того чтобы снова определить оптимальный размер колпачка или диафрагмы.

Если в момент начала менструации контрацептив находится во влагалище, то кровь будет скапливаться в нем. Это может испортить контрацептив или нанести вред здоровью женщины.

Этот способ контрацепции принципиально обратим, т. е. женщина легко может от него отказаться, если решила забеременеть. Колпачок и диафрагма подходят для кормящих грудью матерей.

Преимущества и эффективность. Правильное использование колпачка или диафрагмы гарантирует эффективность данного метода предохранения на 95%.

Как и все барьерные способы контрацепции, колпачки и диафрагмы не нарушают химического баланса организма и не вызывают дисфункций.

Негативные моменты:

— этот способ защиты следует применять каждый раз, когда вы занимаетесь сексом;

— чтобы подобрать контрацептив, подходящий по форме и размеру, необходима консультация специалиста;

— установка колпачка и диафрагмы требует некоторого времени и определенных навыков;

— спермицидные мази, используемые для смазки колпачков и диафрагм, могут вызвать раздражение. В таком случае необходимо сменить мазь, а если это не поможет, использовать другой метод контрацепции;

— некоторые пары считают, что использование колпачков и диафрагм снижает уровень сексуального наслаждения, т. к. исчезает элемент романтики.

Контрацептивные кремы, гели, пены и химические пессарии (спермициды)

Подобные контрацептивные средства представляют собой небольшие кусочки пасты, содержащей спермициды (химические вещества, разрушающие сперматозоиды). Действие этих контрацептивов двояко: во-первых, они как бы сковывают сперматозоиды, лишая их возможности двигаться; во-вторых, создают физический барьер, не позволяющий сперме проникнуть в матку. Данный метод контрацепции относится к малоэффективным. По статистическим данным, около 25% женщин, использовавших только такие контрацептивы, забеременели на протяжении одного года.

Эффективность использования контрацептивных кремов, гелей и так далее повышается, если применять их в сочетании с другими противозачаточными средствами (например, с колпачками или контрацептивными таблетками).

Контрацептивные таблетки

Контрацептивные таблетки относятся к гормональным методам предохранения от беременности. Гормоны — химические вещества, которые вырабатываются некоторыми тканями организма. Попадая в кровь, гормоны обеспечивают бесперебойное функционирование различных органов и тканей.

На сегодняшний день существует два вида контрацептивных таблеток: комбинированные (содержат эстроген и прогестаген) и т. н. минитаблетки (содержат только прогестаген).

Комбинированные таблетки выпускаются обычно в пластиковых упаковках, где каждая пилюля находится в отдельной ячейке. Как правило, упаковка содержит 21 таблетку, которые принимают по одной в день. Менструация наступает, когда заканчивается упаковка (иногда через 1–2 дня).

После окончания менструального цикла (обычно на 28-й день после начала приема таблеток) женщина начинает принимать пилюли из новой упаковки. Если строго следовать предписаниям врача, этот контрацептивный метод обеспечивает надежную защиту в течение всех 28 дней.

Мини-таблетки выпускаются в упаковках по 28 штук. Главное условие их использования — ежедневный прием в строго определенное время. Разница во времени не должна превышать трех часов, иначе уровень защиты резко снижается.

Если по каким-либо причинам женщину не устраивают оральные контрацептивы (комбинированные и мини-таблетки), она не должна прекращать их использование без консультации гинеколога, который поможет подобрать новое, более подходящее противозачаточное средство. В том случае, если вам прописали контрацептивные таблетки, не позднее чем через 3 месяца нужно снова прийти на осмотр к врачу.

> Прием контрацептивных пилюль способствует нормализации менструального цикла. Комбинированные таблетки снижают возможность рака матки и вероятность заболевания яичников, защищают организм от воспаления тазовых органов и различного вида фибром, но, к сожалению, не предохраняют от заражения инфекционными заболеваниями. Таблетки прогестагена могут принимать даже кормящие матери.

Отказ от приема оральных контрацептивов не дает негативных результатов. Репродуктивная функция женщины полностью восстанавливается через некоторое время.

Негативные моменты:

— существуют лекарства, способные уменьшить или свести к нулю эффект от приема контрацептивных таблеток. К ним относятся некоторые антибиотики, анаболики (обезболивающие средства), транквилизаторы, средства, устраняющие судороги, и противогрибковые препараты. Поэтому лучше проконсультироваться с врачом по поводу принимаемых лекарств;

— в процессе использования данных контрацептивов могут возникнуть побочные эффекты (тошнота, кровянистые выделения и т. д.), которые, как правило, легко нейтрализовать, сменив таблетки после консультации специалиста;

— таблетки не могут предотвратить заражения инфекционными заболеваниями, которые передаются половым путем;

— комбинированные гормональные контрацептивы не рекомендованы к применению курящим женщинам в возрасте старше 35 лет;

— женщинам, которые страдают хроническими заболеваниями, не рекомендуется применение гормональных контрацептивов, т. к. это может нанести серьезный вред их здоровью.

Естественный контроль за рождаемостью и контрацептивные наборы

Данные методы, в отличие от гормональных, барьерных и других, не дают побочных эффектов, не нарушают химического баланса организма. Также предлагаемые способы контрацепции позволяют точно определить дни, наиболее благоприятные для зачатия, что может быть очень полезно в том случае, если пара решила завести ребенка.

Существует четыре метода естественного контроля за рождаемостью. Все они основаны на таком правиле: если точно предсказать время овуляции, то можно выяснить, какие девять дней благоприятны для оплодотворения, т. е. когда необходимо использование контрацептивов.

Такие дни можно условно разделить на три периода: первый — пять дней до начала овуляции, второй — день овуляции, третий — три дня после нее. Все это время необходимо либо избегать половых контактов, либо использовать средства предохранения от беременности.

Календарный метод контроля. Идея данного метода состоит в том, что женщина высчитывает первый и последний дни овуляции, затем добавляет к полученному результату еще несколько дней, в которые велика опасность забеременеть.

Для эффективного применения такого способа предохранения от беременности женщина должна вести календарь своих менструальных циклов на протяжении 6–12 месяцев. Необходимо также отмечать количество дней в каждом цикле, самый короткий и самый длинный циклы. Самый ранний срок наступления овуляции — это 16-й день до окончания короткого менструального цикла. Затем нужно отнять еще семь дней, в течение которых сперматозоиды могут оставаться жизнеспособными в организме женщины. Таким образом можно точно вычислить день, в который начнется опасный период. Для того чтобы определить, когда он закончится, от продолжительности самого длинного менструального цикла отнимают двенадцать дней (в этот момент проходит овуляция), а затем прибавляют два дня (на случай, если яйцеклетка останется способной к оплодотворению в течение 48 часов).

Естественный контроль за рождаемостью благоприятен в психологическом плане. Обсуждение опасных и безопасных периодов в менструальном цикле женщины сближает партнеров, делая их отношения более интимными.

Существуют и более простые способы определения опасного периода менструального цикла женщины, но их применение не так эффективно.

Базальный метод. Базальная температура тела — это нормальная температура. Сразу после овуляции температура тела женщины повышается на 0,2–0,4° С. Обладая такой информацией, можно выяснить, когда наступит опасный период в менструальном цикле.

Цервикально-слизистый метод. Этот метод позволяет определить начало овуляции по строению, составу и цвету цервикальной слизи. После менструации слизь довольно жидкая, а перед овуляцией она становится более насыщенной, плотной и мутной, цвет ее местами имеет белый оттенок, местами — желтоватый. Если потереть ее между большим и указательным пальцами, а потом развести их в стороны, слизь не будет тянуться и легко разорвется. После овуляции слизь менее плотной консистенции, приобретает более чистый цвет и некоторую эластичность (напоминает белок сырого яйца).

Температура тела при базальном методе определяется с помощью термометра, который вводят во влагалище. В период овуляции она достигает 37–37,1° С.

Симптотермальный метод. Этот метод объединяет все вышеуказанные, поэтому является наиболее эффективным. Он включает измерение базальной температуры тела, ежедневную проверку состояния цервикальной слизи и аккуратное ведение календаря менструальных циклов. Данные способы в совокупности позволяют точно определить наступление овуляции и вовремя начать использование контрацептивных средств.

Контрацептивные наборы. Один из самых современных методов предохранения от беременности. С помощью данных наборов можно самостоятельно провести анализ мочи на наличие в ней лютеинизирующих гормонов и гормона эстрогена, количество которых увеличивается перед наступлением овуляции.

Негативные моменты:

— для эффективного использования данных методов требуется время на ведение регулярного и точного учета хода менструального цикла, состояния цервикальной слизи, базальной температуры и т. д.;

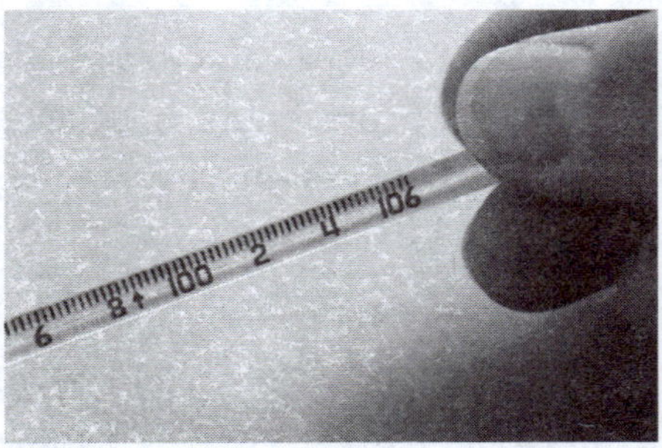

— применение естественных методов контроля за рождаемостью требует планирования и обдуманного подхода. Оба партнера должны быть готовы к воздержанию от занятий сексом или к использованию контрацептивных средств в те дни, когда вероятность зачатия возрастает;

— требуется консультация со специалистами, хорошо знающими все детали использования того или иного способа;

— необходимо учитывать, что менструальный цикл может изменяться в зависимости от различных обстоятельств (возраст, смена кли-

При использовании естественных методов контроля за рождаемостью и специальных наборов следует помнить, что риск забеременеть очень высок, поэтому такие способы рекомендуют женщинам, предохраняющимся от беременности, но и ничего не имеющим против ребенка.

мата, обстановки, болезнь, нервный стресс и т. д.);

— данный метод предохранения не подходит женщинам с нерегулярным менструальным циклом;

— ни контрацептивные наборы, ни методы естественного контроля за рождаемостью не обеспечивают защиту от инфекционных заболеваний, передающихся половым путем.

Контрацептивные инъекции

Это внутримышечные уколы прогестагена, которые для обеспечения надежной защиты от беременности должны повторяться каждые 8 или 12 недель. Суть такой защиты в том, что введенный в плечо или ягодицу гормон прогестаген постепенно поступает в кровеносную систему организма и предотвращает овуляцию.

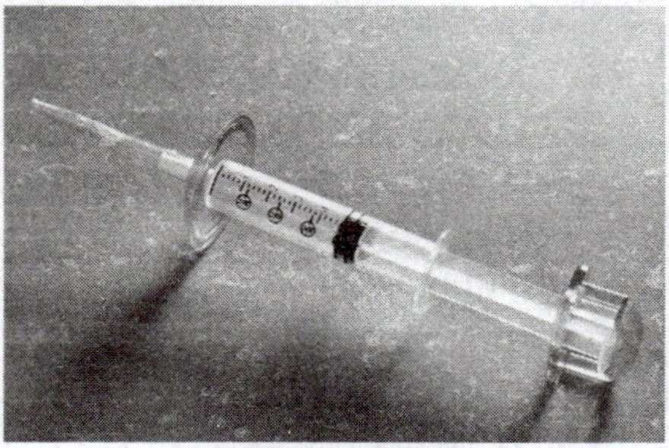

Эффективность данного метода предохранения — 99%. Как и все гормональные средства, инъекции положительно воздействуют на организм (если нет противопоказаний), способны предотвратить появление некоторых заболеваний и замедлить развитие уже имеющихся.

Негативные моменты:

— при использовании данного метода необходимо посещать врача каждые 8–12 недель;

— возможны нарушения менструального цикла, а при длительном использовании контрацептива и полное исчезновение менструаций;

— в случае отказа от инъекций репродуктивная функция женщины восстанавливается не раньше чем через 2–3 месяца;

— гормональные инъекции не обеспечивают защиты от инфекционных заболеваний.

Как и другие средства контрацепции, инъекции имеют побочные явления. Например, применение некоторых гормональных препаратов способствует тому, что женщина набирает вес, а при длительном использовании контрацептивных инъекций возможно нарушение химического баланса в организме женщины.

Имплантанты

Как правило, это шесть небольших пластиковых трубочек длиной 30 мм и шириной 2 мм, содержащих гормон прогестаген. Эти трубочки вводятся под кожу на внутренней стороне руки женщины. Гормон постепенно поступает в кровеносную систему, чем и обеспечивается предохранение от нежелательной беременности. Имплантанты обеспечивают женщине надежную защиту в течение пяти лет. Воздействие данного способа контрацепции и побочные эффекты во многом схожи с теми, которые дают таблетки прогестагена.

Эффективность имплантантов очень высока: в процентном отношении она равна примерно 99. Данный контрацептив удобен в применении и подходит даже кормящим матерям. Такой способ предохранения предотвращает появление и развитие некоторых заболеваний, не дает необратимых результатов.

Негативные моменты:

— требуется хирургическое вмешательство (операция по имплантированию);

— могут появиться побочные эффекты;

— возможны нарушения менструального цикла, а при длительном применении и полное прекращение менструаций;

— данный контрацептив не обеспечивает защиту от инфекционных заболеваний, передаваемых половым путем;

— на коже после операции остается небольшой шрам.

Внутриматочные противозачаточные средства и системы

Бытовое название данного контрацептива — «спираль». Современные внутриматочные противозачаточные средства имеют различные формы и изготавливаются из пластика (полиэтилена) и меди. Такое контрацептивное средство гинеколог вводит в матку через несколько дней после окончания менструации.

Принцип действия данных контрацептивов зависит от типа используемого средства. Например, медная спираль препятствует движению сперматозоидов, направляющихся в матку, а также не дает яйцеклетке внедриться в стенку матки.

На данный момент спираль считается одним из самых эффективных способов защиты от нежелательной беременности. Если в течение определенного времени доктор не выявляет противопоказаний, то спираль может оставаться в организме женщины до пяти лет. Все это время обеспечивается надежная защита от беременности.

Внутриматочные противозачаточные системы внешне похожи на внутриматочные противозачаточные средства. Материалом для их изготовления также служит пластик. Единственное отличие состоит в том, что усики внутриматочных противозачаточных систем насыщены гормоном прогестагеном.

Женщина всегда может убедиться в том, что контрацептив на месте, проверив положение двух усиков (они тянутся от контрацептива, проходят через шейку матки и свободно свисают во влагалище).

Срок действия внутриматочных противозачаточных систем — 3 года.

Принцип действия. Контрацептив изменяет состав маточной слизи таким образом, что она блокирует сперматозоиды и не позволяет им попасть в матку. При длительном использовании некоторых из представленных систем у женщин может прекратиться процесс овуляции.

Чем дольше контрацептив находится в организме женщины, тем меньше вероятность беременности. Эффективность применения внутриматочных противозачаточных средств оценивается в 98%, систем — в 99%.

Негативные моменты:

— установить данное контрацептивное средство может только гинеколог;

— возможно отторжение контрацептива, что лишает женщину защиты от беременности;

— есть вероятность внематочной беременности или прободения стенки или шейки матки (только в том случае, если спираль была неправильно установлена);

— использование внутриматочных противозачаточных средств или систем может привести к воспалению тазовых органов и нарушению менструального цикла;

— в начальный период использования контрацептива некоторые женщины могут испытывать дискомфорт и неприятные ощущения внизу живота;

— данное контрацептивное средство не рекомендуется нерожавшим женщинам до 25 лет;

— этот метод предохранения не обеспечивает защиту от инфекционных заболеваний, передающихся половым путем.

Внутриматочная спираль не только обеспечивает защиту от беременности, но и значительно снижает риск заражения венерическими болезнями и замедляет развитие тех заболеваний, которые уже есть у женщины.

Стерилизация

Стерилизация — это перманентный контрацептивный метод, осуществляемый посредством хирургического вмешательства. Стерилизация женщин подразумевает перерезание, перевязывание или блокировку фаллопиевых труб. Существует несколько способов проведения подобных операций. Как правило, они требуют 1–3-дневного пребывания женщины в стационаре и проводятся под общим наркозом.

В настоящее время для таких операций применяется лапароскоп — прибор для проведения точечных хирургических операций. Использование данного инструмента позволяет сократить период нахождения женщины в стационаре.

> В процентном отношении надежность метода стерилизации у женщин оценивается в 99,7, иными словами, только 3 женщины из 1000, перенесших эту операцию, могут забеременеть, у мужчин — 99,9% (т. е. из 1000 стерилизаций лишь одна может оказаться неудачной).

Стерилизация мужчин называется вазектомией. После этой операции выбрасываемая во время эякуляции сперма не содержит сперматозоидов, т. к. перерезаны или блокированы семявыводящие каналы. Стерилизация, как мужская, так и женская, — один из самых эффективных способов предохранения от нежелательной беременности.

Негативные моменты:

— стерилизация практически необратима. Реверсивные (по восстановлению репродуктивной функции) операции хотя и проводятся, но далеко не всегда дают положительный результат;

— такие операции, как правило, требуют применения местного или общего наркоза;

— после вазектомии сперматозоиды исчезают из семенной жидкости не сразу, а после

24–36 эякуляций, поэтому в первое время мужчина должен использовать контрацептивы;

— по прошествии нескольких недель или месяцев после стерилизации мужчине необходимо сделать два анализа на чистоту семенной жидкости (т. е. на отсутствие в ней сперматозоидов). Лишь когда результаты будут положительными, можно считать, что операция прошла успешно;

— стерилизация не защищает от инфекционных заболеваний, передающихся половым путем.

Прерывание полового акта

Coitus interruptus (прерванное половое сношение) означает, что мужчина эякулирует вне влагалища женщины, предотвращая тем самым попадание спермы в матку.

Этот способ контрацепции нельзя отнести к эффективным (около 25% незапланированных беременностей) по двум причинам, первая из которых заключается в том, что даже если партнер будет внимателен и сможет контролировать свой оргазм, то небольшое количество спермы все же попадет во влагалище. Это явление обусловлено тем, что секрет железы Купера (содержащий сперматозоиды) вырабатывается в процессе всего полового акта.

> Одним из самых негативных моментов применения прерванного полового сношения является то, что оно не обеспечивает защиты от инфицирования венерическими заболеваниями.

Вторая причина невысокой эффективности такого метода предохранения состоит в том, что мужчине в пылу страсти трудно себя контролировать и вовремя вынуть пенис из влагалища.

Постконтрацептивы

Этот способ предохранения рекомендуется использовать, если по каким-либо причинам применение других контрацептивов оказалось неэффективным (например, в процессе сексуального контакта порвался презерватив) или же противозачаточное средство вообще не использовалось.

Итак, половой акт состоялся, а меры предосторожности не принимались или не оправдали себя. Что делать? Прежде всего необходимо принять четыре таблетки «срочной помощи» (по две с перерывом в 12 часов) не позднее чем через 72 часа после незащищенного полового акта. При возникновении таких побочных эффектов, как тошнота или рвота, нужно выпить еще две пилюли вместо тех, которые отторгнулись организмом. В зависимости от фазы менструального цикла женщины данный контрацептив либо задерживает овуляцию, либо препятствует оплодотворению, либо предотвращает внедрение яйцеклетки в стенку матки. Данный метод надежен на 95%.

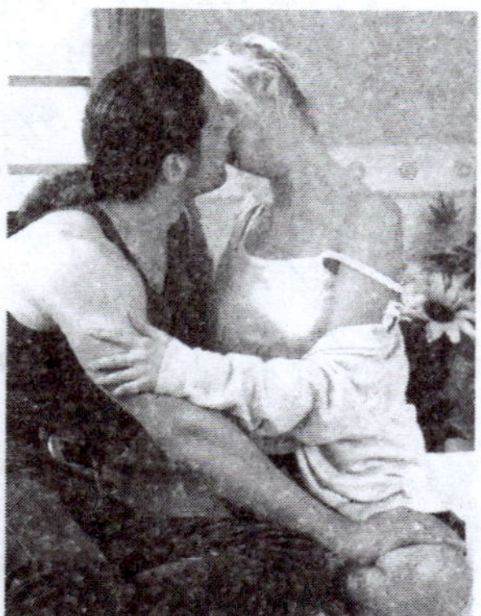

Помимо таблеток для предохранения от беременности, в случае незащищенного полового акта можно применить внутриматочное противозачаточное средство — медную спираль, которая вводится не позднее чем через 5 дней после полового акта. Такой способ предотвращает проникновение оплодотворенной яйцеклетки в стенку матки и подходит всем женщинам. Если женщина не планирует использовать в дальнейшем данный контрацептив, то врач удалит его по окончании менструации. Метод эффективен на 99%.

Если все же это случилось...

В этом разделе речь пойдет о наиболее распространенных заболеваниях, передаваемых половым путем. Особое внимание уделено СПИДу.

СПИД

Синдром приобретенного иммунодефицита (СПИД) — совокупность проявлений подавления функций иммунной системы в результате поражения ее вирусом иммунодефицита человека (ВИЧ). Больной СПИДом теряет устойчивость к инфекционным заболеваниям, которые для людей с нормальной иммунной системой угрозы не представляют, — пневмонии, грибковым заболеваниям и другим, а также к раку. Через некоторое (иногда значительное) время после инфицирования развивается так называемый клинический синдром, который в итоге приводит к смерти.

Впервые СПИД был идентифицирован в 1981 году, а то, что его вызывает ВИЧ, было установлено в 1983 году.

В настоящее время разработаны методики лечения, позволяющие сохранить здоровье и продлить жизнь пациентам, однако они несовершенны, дороги и утомительны. Кроме того, они недоступны подавляющему большинству ВИЧ-инфицированных.

Главным способом предотвращения распространения этого смертельно опасного заболевания остается изменение образа жизни и поведения.

Как можно заразиться СПИДом?

Заражение СПИДом возможно лишь при попадании ВИЧ в кровь человека.

Наиболее распространенный путь заражения — через половой контакт с ВИЧ-инфицированным; при этом вирус попадает в кровь партнера через небольшие ранки, которые часто являются следствием половых актов. Наркоманы заражаются СПИДом, применяя для внутривенных инъекций наркотических веществ уже использованные кем-либо иглы и шприцы. ВИЧ может быть передан ребенку от матери во время беременности, родов или с грудным молоком. Известны случаи заражения СПИДом медицинских работников в результате уколов шприцами или после того, как кровь случайно выплескивалась из пробирок и попадала на открытые ранки, слизистые оболочки глаз или носа.

Возможно также заражение при переливании крови, использовании нестерильных медицинских инструментов (шприцев, катетеров).

Исследования опровергли давно бытовавшее мнение, что ВИЧ передается кровососущими насекомыми, даже в тех местностях, где случаи СПИДа многочисленны. Вирус живет в организме насекомого весьма непродолжительное время и не воспроизводится, поэтому передать его другому организму насекомое не может.

Случаи бытового заражения СПИДом — при контактах в школе, на рабочем месте, в магазине — не подтвердились. Это объясняется тем, что, попадая в окружающую среду, вирус СПИДа очень быстро погибает. Поэтому высохшая кровь и другие выделения больного человека абсолютно не опасны. По этой же причине не опасны поцелуи и прикосновения. Кроме того, недавно в человеческой слюне был найден белок, препятствующий поражению лимфоцитов вирусом иммунодефицита. Существует некоторый риск заражения при использовании чужих бритв и зубных щеток, т. к. они могут царапать кожу и десны, вызывая небольшие кровотечения.

Лечение ВИЧ-инфекции

Во всем мире многие люди с ВИЧ стремятся укрепить свой организм с помощью трав, гомеопатических средств, иглоукалывания, массажа, йоги, релаксации и других нетрадиционных методов. Они могут принести пользу, если оздоровлением занимается грамотный специалист и больной одновременно наблюдается у лечащего врача.

Альтернативное оздоровление — не замена лекарствам. Особенно опасно прерывать или сокращать прием противовирусных препаратов, назначенных лечащим врачом!

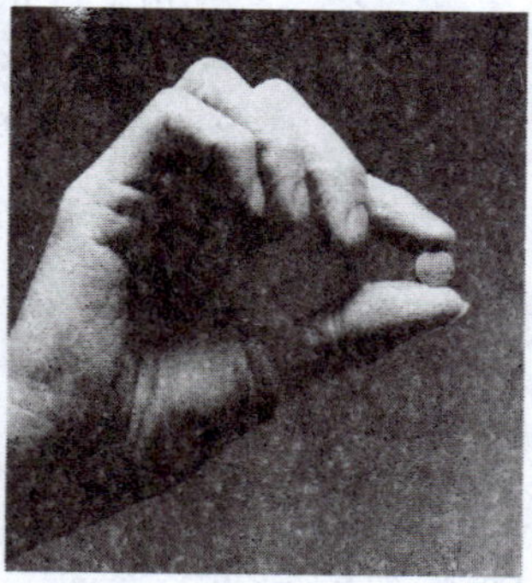

От этого может развиться резистентность к противовирусному лечению, и оно навсегда потеряет для больного эффективность.

Травы широко применяются как для общего укрепления иммунной системы, так и для лечения отдельных симптомов. Среди трав, которые используются для укрепления иммунной системы при ВИЧ/СПИДе, — так называемые иммуномодуляторы и адаптогены (алоэ, эхинацея, лимонник, женьшень, левзея; — спиртовую настойку препарата принимают по 20–30 капель 3 раза в день).

Акупунктура, или иглоукалывание, относят к восточной медицине. Очень тонкие иглы ставят в особые точки на теле. Считается, что таким образом достигается гармония потока жизненной энергии в теле, и благодаря этому снимаются болезненные симптомы. Подобного действия стремятся достичь путем надавливания на те же точки (акупрессура) или массирования их (шиатсу). При ВИЧ-инфекции акупунктура используется для снятия таких симптомов, как невропатия, утомляемость и болевые ощущения, а также для общего укрепления иммунной системы. Массаж помогает при некоторых хронических болях, способствует общему расслаблению и снижению стресса.

Мануальная терапия применяется для восстановления функций организма путем воздействия на позвоночник, суставы и т. д. Помогает при болях и скованности суставов, которые часто беспокоят пациентов с ВИЧ-инфекцией.

В попытке стимулировать иммунную систему применяют природные и синтетические пищевые добавки, как давно известные и привычные — витамины, микроэлементы, чеснок, так и экзотические, например синезеленые водоросли или акулий хрящ.

Йога включает в себя дыхательные упражнения, специальные позы, упражнения на гибкость, рекомендации по питанию и образу жизни. Цель этой древней системы — гармонизация жизненной энергии в энергетических центрах тела. Считается, что йога помогает очищению организма, укрепляет различные органы, снижает утомляемость.

Многие методы основаны на представлении, что психическое состояние человека влияет на способность организма бороться с заболеванием. Медитация, релаксация (расслабление), визуализация (формирование положительных зрительных образов) и подобные им техники помогают при болях, утомляемости, бессоннице, повышенной тревожности и стрессе.

Гонорея

Возбудителем гонореи является бактерия грамотрицательный диплококк. Больной практически всегда заражает полового партнера. Инкубационный период заболевания составляет 3–5 дней.

Проявляется заболевание у большинства женщин в конце менструации. Чаще всего они жалуются на гнойные выделения, симптомы уретрита (учащенное, болезненное мочеиспускание), симптомы воспалительного заболевания органов малого таза (боли в животе, лихорадка, тошнота, рвота и т. д.).

У женщин гонорея довольно часто протекает со стертыми проявлениями, когда жалоб почти нет. У мужчин, напротив, клинические проявления заболевания выражены более ярко.

Гонорея может быть двух видов: острая (давность заболевания до 2 месяцев) и хроническая (давность заражения более 2 месяцев или дата заражения не известна).

Обследование на наличие в выделениях граммотрицательного диплококка проводится до лечения и через 7–10 дней после окончания лечения, далее количество проводимых анализов зависит от показаний.

Обследование на выявление заболевания включает такие процедуры, как микроскопия мазков из мочеполовой системы, окрашенных по Грамму, бактериологическое (культуральное) исследование и метод молекулярной диагностики (ПЦР).

Лечение. Обязательным условием является одновременное лечение обоих половых партнеров, а до окончания курса терапии необходимо соблюдать половое воздержание. Если раньше (1940-е годы) для излечения острой гонореи достаточно было сделать 1 инъекцию пенициллина (300 000 ЕД), то по данным последних исследований (1999 год Л. С. Страчунский) 78% штаммов гонококков не чувствительны к пенициллину. Сегодня пенициллин для лечения гонореи не используется. Наиболее широко применяются цефалоспорины (цефтриаксон), фторхинолоны (таривид, абактал, офлоксацин и т. д.), макролиды (сумамед), спектиномицин. Заражение во время беременности, что грозит инфицированием плода, приводит к ряду осложнений (невынашивание ребенка, хориоамнионит, плацентарная недостаточность). Поэтому к лечению беременных женщин следует подойти серьезно.

Кандидоз, или молочница

Дрожжеподобные грибы рода Candida обитают на коже и слизистых оболочках (чаще у женщин и детей) в норме у здоровых людей. Их находят в молоке, на фруктах, на предметах, окружающих больного кандидозом, в пыли, воздухе больничных палат и т. д. Будучи почти постоянной флорой человека, они при определенных условиях могут вызывать молочницу (кандидоз). Активации дрожжеподобных грибов, помимо длительного применения различных антибиотиков, способствуют нарушения питания и обмена веществ, главным образом углеводного, авитаминозы и т. д.

Симптомы, течение. Кандидоз может протекать в виде местного поражения слизистых оболочек и кожи, изолированного поражения органа и распространенного процесса. Местные поражения располагаются в межпальцевых складках кистей и стоп (чаще между III и IV пальцами), в паховых и подмышечных ямках, под молочными железами у тучных женщин и в межъягодичной области. Поражаются также слизистые оболочки полости рта, влагалища и наружных половых органов. Заболевание начинается с появления мелких пузырьков, на месте которых быстро образуются эрозии с блестящей темно-красной влажной поверхностью. Очаги поражений четкие, с неправильными краями, с каемкой отслаивающегося эпидермиса.

Дрожжеподобные грибы могут вызывать тяжелые поражения внутренних органов. Наиболее часто поражаются пищевод, легкие, тонкий и толстый кишечник, мочевой пузырь. Значительно реже наблюдается кандидоз сердца и печени.

Кандидоз слизистых оболочек проявляется разнообразными клиниче-скими формами заболевания (дрожжевой стоматит, кандидомикотические глоссит, ангина, заеда, хейлит и др.).

Эти поражения отличаются наклонностью як длительному течению и нередко имеют рецидивирующий характер.

По частоте среди кандидозов на первом месте находятся различные формы поражения пищеварительного тракта. Симптомами распространенного кандидоза пищеварительного тракта являются понижение аппетита, жжение во рту, затруднение (из-за боли) жевания и проглатывания пищи, неукротимая рвота, частый жидкий стул, обезвоживание и токсикоз, вздутие кишечника и повышение температуры тела.

Лечение. Антигрибковое действие антисептиков растительного происхождения стало широко применяться после внедрения в медицинскую практику фитонцидов — средств естественного иммунитета высших растений. Установлено фунгистатическое (останавливающее рост грибов) и фунгицидное (убивающее грибы) действие фитонцидов лука и чеснока по отношению к 13 штаммам грибов, патогенных для человека.

Для вспомогательной терапии при лечении кандидоза назначают сбор из ягод можжевельника обыкновенного, травы тысячелистника обыкновенного, листьев шалфея лекарственного, эвкалипта прутьевидного, цветков ромашки аптечной, календулы лекарственной, почек березы повислой и тополя черного.

Вследствие этого фитопрепараты лука и чеснока применяют при ряде грибковых заболеваний, в частности при кандидозах, как вспомогательное средство.

В последнее время при лечении различных кожных болезней, в том числе и кандидозов, используют сангвиритрин. Препарат выделен из травы маклеи, активен в отношении золотистого стафилококка и дрожжеподобных грибов.

Сангвиритрин применяют наружно в виде растворов. Из средств стимулирующей терапии назначают биосед по 1 мл под кожу или внутримышечно ежедневно в течение 20–30 дней, экстракт алоэ, настойки женьшеня, элеутерококка, заманихи. Применяют сапарал по 0,1 г утром и 0,05 г днем в течение 1–2 месяцев. Пораженные участки кожи и слизистые оболочки смазывают хлорофиллиптом, розанолом, настойкой календулы, настойкой березовых почек и тополя, приготовленных в домашних условиях или в аптеке (в соотношении 1 : 10).

Хламидиоз

Урогенитальный хламидиоз — инфекционное заболевание, вызываемое хламидиями, передающееся преимущественно половым путем, поражающее мочеполовую систему и другие органы (суставы, глаза), слабо проявляющееся и имеющее высокую склонность к хронизации.

Хламидии могут давать смешанные инфекции с целым рядом возбудителей (трихомонады, гонококки, уреаплазмы, микоплазмы, гарднереллы и др.). Лечение таких инфекций имеет определенные особенности, поэтому при обнаружении хламидий полезно провести обследование и на наличие указанных возбудителей.

Инкубационный период составляет в среднем 3 недели. Однако явных проявлений инфекции может и не быть. В этом случае только лабораторные методы диагностики позволят выявить заражение.

Основную роль в распространении хламидиоза играют случайные половые связи. Использование презерватива при половом контакте с лицом, инфицированным хламидиозом, позволяет в большинстве случаев предотвратить заражение. Для того чтобы не допустить инфицирования новорожденного во время родов, необходимо проведение антибиотикотерапии в третьем триместре беременности. Соблюдение правил личной гигиены позволит избежать передачи хламидиоза бытовым путем.

Признаки хламидиоза. Наиболее частые признаки хламидиоза — слизисто-гнойные выделения из половых путей без резкого запаха, частые и болезненные мочеиспускания, зуд в области промежности. У женщин также наблюдаются боли внизу живота, усиление белей перед менструациями.

Лечение хламидиоза. Хламидиоз довольно легко поддается лечению. Здесь важно соблюдать назначенную схему лечения (кратность и продолжительность приема лекарства).

Хламидиоз протекает бессимптомно у 46% мужчин и 67% женщин. Таким образом, среди считающих себя здоровыми лиц неизбежно встречаются носители хламидий, у которых инфекция протекает в латентной форме. Отсутствие клинических проявлений не означает отсутствия вредного влияния хламидий на организм. Особенно большой вред наносят хламидии репродуктивной системе женщин.

Если у одного из половых партнеров обнаружен хламидиоз, нужно проводить лечение и второму партнеру, даже если у него нет никаких жалоб, поскольку он может представлять собой резервуар инфекции и приводить к повторному заражению только что пролечившегося партнера. Иммунитет после перенесенного хламидиоза не развивается, а многократное повторное инфицирование может создавать иллюзию упорно неизлечивающейся инфекции.

Рекомендуемые схемы лечения:

— доксициклин используют при неосложненном хламидиозе. В этом случае препарат назначают перорально по 100 мг после еды 2 раза в сутки в течение 7–10 дней; при остальных формах и осложнениях — в течение 14 дней; первая доза препарата должна составлять не менее 200 мг;

— азитромицин. При хламидиозе, протекающем без осложнений, препарат назначают однократно перорально по 1 г за 1 час до еды или через 2 часа после еды; при остальных формах в первый день — 1 г, в последующие — по 250 мг один раз в сутки, общая курсовая доза — 3 г;

— эритромицин назначают по 500 мг перорально 4 раза в сутки в течение 10–14 дней. Этот препарат применяется и для лечения беременных.

При осложненных формах урогенитального хламидиоза продолжительность лечения составляет не менее 14 дней. Назначение доксициклина и фторхинолонов противопоказано беременным и кормящим женщинам, а также детям до 14 лет.

После курса лечения антибиотиками необходимо восстанавливать кишечную микрофлору. Вместе с антибиотиками применяют также иммуномодуляторы.

Лечение детей. Эритромицин назначают из расчета 50 мг/кг массы тела, разделенные на 4 приема, перорально в течение 10–14 дней (для детей с массой тела менее 45 кг).

Для детей с массой тела 45 кг и более, но не достигших 8 лет, эритромицин применяется по схемам лечения взрослых. Для детей 8 лет и старше используются схемы лечения для взрослых азитромицином или доксициклином.

Трихомониаз

Трихомониаз относится к широко распространенным инфекционным воспалительным заболеваниям, передаваемым половым путем. Вызывается простейшим Trichomonas vaginalis.

Симптомы трихомониаза. У мужчин трихомониаз чаще протекает бессимптомно, они могут быть носителями трихомониаза в течение всей жизни, заражая своих партнерш, но не страдая воспалением. Гораздо реже воспаление проявляется в уретре, простате и семенных пузырьках, яичках. Иногда бывают скудные белые выделения из уретры или примесь крови в моче. Такая картина может длиться 1–2 недели, а затем симптомы уменьшаются, хотя болезнь не проходит, а переходит в хроническую форму. Клиническая картина у женщин, как правило, более выражена, чем у мужчин. В зависимости от места локализации в мочеполовой системе у женщин наблюдается кольпит (воспаление влагалища) — зуд, жжение, покраснение гениталий и промежности, пенистые желтые

Считается, что трихомониаз во множестве случаев приводит к мужскому бесплодию как за счет поражения яичек и простаты, так и из-за присутствия микроорганизмов в сперме. Продукты жизнедеятельности микробов, выделяющиеся в сперматической жидкости, снижают жизнеспособность сперматозоидов и обездвиживают их. То же воздействие оказывают и трихомонады, находящиеся в половых путях женщины.

гноевидные выделения из влагалища, тянущие боли внизу живота, боли при сношении. При поражении мочеиспускательного канала и мочевого пузыря — учащение и нарушение мочеиспускания, боли при мочеиспускании. Реже трихомонады поражают матку, трубы и яичники, хотя есть мнение, что они могут переносить во внутренние половые органы те микробы, которых поглотили, но не убили.

Диагноз трихомониаза ставится при обязательном обнаружении возбудителя путем лабораторного исследования. Трихомониаз нередко сочетается с другими заболеваниями, передаваемыми половым путем, в связи с чем больных подвергают соответствующему обследованию. В случае сопутствующих инфекций их лечение проводится одновременно.

При лечении трихомониаза целесообразно использовать местнодействующие препараты одновременно с препаратами общего действия, например метронидазол — вагинальные шарики (таблетки) — по 0,5 г 1 раз в сутки в течение 6 дней и орнидазол — вагинальные таблетки — по 0,5 г однократно в течение 3–6 дней.

Лечение трихомониаза. Современные методы лечения больных трихомониазом основаны на использовании средств общего действия. Местное лечение следует применять только в качестве дополнительного. Лечение следует проводить при обнаружении T. vaginalis, независимо от наличия или отсутствия у обследуемых признаков воспалительного процесса. Чаще всего назначают тинидазол (2 г) однократно перорально.

Однако существует и альтернативная схема лечения:

— метронидазол — по 500 мг 2 раза в сутки перорально в течение 7 дней;

— орнидазол — по 500 мг 2 раза в сутки перорально в течение 5 дней.

При рецидивирующем течении трихомониаза целесообразно применять солкотриховак — 0,5 мл внутримышечно, 3 инъекции с интервалом в 2 недели, затем через 1 год 0,5 мл однократно.

Лечение беременных. Лечение осуществляется метронидазолом (исключая первый триместр беременности) в дозе 2 г перорально однократно.

Через 7–10 дней после завершения курса лечения проводят дополнительные анализы для определения излеченности заболевания.

Больным трихомониазом следует информировать своих половых партнеров о необходимости обследования и лечения, воздерживаться от половых сношений до полного излечения.

Помимо вышеуказанных рекомендаций, необходимо общее укрепление организма: применение иммуномодуляторов (настойка эхинацеи, иммунал), менее выраженный эффект оказывают адаптогены (настойки женьшеня, левзеи, лимонника китайского).

Уреаплазмоз

Уреаплазмоз вызывается микроорганизмами, по размерам приближающимися к крупным вирусам. Их иногда рассматривают как своеобразную переходную ступень от вирусов к одноклеточным микроорганизмам.

Передача инфекции происходит чаще половым путем, но возможно и внутриутробное заражение от больной матери. Кроме того, микробы могут попадать в половые пути ребенка во время родов и сохраняться там всю жизнь в неактивном состоянии.

Уреаплазмы могут вызывать воспаление любых отделов мочеполовой системы — уретры, простаты, мочевого пузыря, яичек и их придатков, а у женщин — влагалища, матки и придатков.

70% людей, в организме которых были обнаружены бактерии уреаплазмы, не испытывают никаких проблем. У некоторых неприятные симптомы периодически то возникают, исчезают на многие годы. Известны также случаи возникновения самопроизвольных выкидышей, развития инфекции в фаллопиевых трубах и в придатках яичек у людей, в организме которых выявлены бактерии уреаплазмы; обследования на все другие возможные виды инфекций дали отрицательные результаты.

Кроме того, при некоторых исследованиях удалось установить, что уреаплазмы могут фиксироваться на сперматозоидах и нарушать их двигательную активность, а в ряде случаев просто убивать спермии.

Наконец, микробы способны вызывать воспаление суставов, особенно при ревматоидном артрите.

У женщин к характерным признакам развития инфекции относятся наличие эрозии на шейке матки и появление гнойных выделений. Беспокоящими женщин симптомами являются появление бесцветных вагинальных выделений (они могут быть как обильными, так и незначительными), чувство жжения во время мочеиспускания и дискомфорт во время половых контактов, связанный с истончением и раздражением слизистой оболочки влагалища из-за ее постоянного контакта с выделениями. У мужчин могут появиться бесцветные выделения из мочеиспускательного канала.

Лечение уреаплазмоза. Для лечения уреаплазмоза в настоящее время применяется тетрациклин. Результаты анализов после пройденного курса лечения свидетельствуют о полном выздоровлении 75–85% пациентов. Тем не менее нередко эти же пациенты продолжают заявлять о сохранении у них тех неприятных симптомов, от которых они хотели избавиться. Иногда неприятные симптомы проходят самостоятельно, без всякого лечения. У одних людей впоследствии могут отмечаться рецидивы появления таких симптомов, у других же они отсутсвуют, но причины этого пока не выяснены.

Кроме того, в курс лечения уреаплазмоза включаются иммуномодуляторы и адаптогены: настойки эхиноцеи, женьшеня, лимонника, левзеи, алоэ и др.

Игры для взрослых

Какие только предметы люди не используют, чтобы разнообразить и усилить свои сексуальные ощущения. Это системы зеркал и изысканные кровати, презервативы и вибраторы, фаллоимитаторы и эротические духи, необычное белье и многое другое.

Каковы же причины, побуждающие людей к применению столь обширного сексуального инструментария?

Современная промышленность старается как можно быстрее отреагировать на многочисленные запросы потребителей; в связи с этим постоянно появляются новые интимные приспособления, а поступившие в продажу модели совершенствуются.

Не претендуя на полноту информации, перечислим некоторые из них.

Оргиастические (потребность в усилении сексуальных стимулов и воздействий). Человек с такими наклонностями, перепробовав все доступные виды интимных удовольствий (различные позиции, сексуальные техники, частая смена партнеров и т. д.), ощущает необходимость в применении специальных приспособлений.

Девиационные («девиация» — «отклонение от нормы»). У многих садистов, фетишистов, гомосексуалистов предметы, усиливающие сексуальное воздействие, являются необходимыми атрибутами полового акта.

Потребность разнообразить мастурбационную технику. У людей, в течение продолжительного периода практикующих самоудовлетворение, со временем снижается уровень возбудимости, т. е. такой способ достижения оргазма более не приносит удовлетворения и навевает скуку. Поэтому в данном случае применение интимного инвентаря обусловлено необходимостью усилить сексуальную стимуляцию.

Развлекательные. Многие пары с помощью игрушек для секса вносят разнообразие в свою половую жизнь, рассматривая интимные приспособления как весьма важный элемент любовной игры.

Любопытство. Некоторые люди, увидев новый сексуальный стимулятор, испытывают непреодолимое желание его опробовать со своим партнером.

Замена партнера. Если по какой-то причине один из партнеров не может вести нормальную половую жизнь (например, из-за болезни или физического увечья), применение сексуального инвентаря все же позволяет практиковать косвенные формы совокупления. Человеку, не имеющему партнера для занятий любовью, использование игрушек для взрослых позволяет не лишать себя интимных удовольствий.

Потребность в визуальных стимуляторах. Зачастую мужчина хочет увидеть все подробности интимного контакта (направление движения пениса, возбуждение женского влагалища и т. д.). Применение вибраторов или фаллоимитаторов позволяет ему реализовать эти желания.

Желание усилить чувственные ощущения. Использование сексуальных инструментов, каким-либо образом изменяющих размеры и форму члена (презервативы с насадками, шишечками и т. д.), позволяет мужчине более интенсивно стимулировать гениталии женщины, что доставляет ей дополнительное наслаждение. Рассмотрим некоторые из наиболее распространенных и популярных сексуальных инструментов. Начнем с одного из самых широко используемых контрацептивных средств — презерватива. Предназначавшийся ранее исключительно для предохранения от нежелательной беременности, в настоящее время он приобрел новые функции: его стали использовать и в качестве сексуальной игрушки. Сегодня можно приобрести кондомы разных размеров и цветов, вкусовых оттенков и со всевозможными выпуклостями (шишечками, ободками, насадками и т. п.).

Несмотря на все многообразие кондомов, многие мужчины отказываются заниматься сексом в презервативе, объясняя это различными причинами. Но недолго им осталось морочить голову женщинам, т. к. на каждую мужскую отговорку ученые изобрели свой презерватив.

> У любителей острых ощущений очень популярны презервативы, по форме напоминающие животных, героев известных мультфильмов, отдельные части мужского или женского тела и т. д.

Отговорка номер 1:

«У меня в нем не получается!»

Новый презерватив «Крепкий орешек» не только усиливает возбуждение, но и улучшает эрекцию. Его свойства обусловлены тем, что в латекс добавлены волокна, пропитанные возбуждающим составом — химическими соединениями андрогена. В процессе полового акта они попадают на кожу, а затем в кровь, усиливая чувствительность нервных окончаний.

Отговорка номер 2:

«Я в нем ничего не чувствую!»

Презерватив с завораживающим названием «Райское наслаждение» сделан не из латекса, как обычные кондомы, а из полимерного жира, поэтому практически незаметен. Его использование позволяет мужчине не только почувствовать весь спектр сексуальных ощущений, но и усилить их.

В Англии в 1995 году впервые выпустили вибратор, который не только выполнял свои непосредственные задачи, но при этом еще и вздыхал, стонал и говорил низким мужским голосом.

Отговорка номер 3: «Он порвется, а мы не заметим!»

Итальянский презерватив «Бим-Бом» снабжен сигнализацией. Если вдруг он испортится, тут же заиграет музыка. Секрет его изготовления заключается в том, что в латекс вплетаются мельчайшие проводки, которые при повреждении начинают разрываться, передавая сигнал в микрочип.

Отговорка номер 4: «Эта резинка не дает мне почувствовать, что тебе нравится, а что нет!»

«Волшебный маячок» не позволяет женщине имитировать пик наслаждения, т. к. подает сигнал мужчине об обмане. Если же оргазм был на самом деле, ободок презерватива изменит свой цвет. «Чудо» объясняется просто: в верхней части кондома расположены волокна, реагирующие на изменения химического состава влагалищных выделений женщины в момент оргазма.

Теперь перейдем к другому виду сексуальных стимуляторов.

Вибратор — это прибор, который работает от батареек или электросети. Он может быть различных форм и размеров, с присосками или со смазкой, для одновременного вагинального и анального массажа, а также для стимуляции клитора. Существуют приспособления, помимо основных своих функций, выполняющие роль кондома, — это так называемый жесткий презерватив. Он предназначен для мужчин со слабой эрекцией и женщин, желающих почувствовать себя представителем сильного пола. Основная функция вибратора — интенсивное воздействие на наиболее чувствительные точки человеческого тела. Многие люди считают, что внешне он должен напоминать мужской член, но на самом деле существует огромное количество интимных стимуляторов, которые не предназначены для проникающего секса.

> С помощью вибратора женщина способна достигнуть пика наслаждения даже в тех случаях, когда она ранее ни разу не испытывала оргазм. Естественно, женщина, ранее познавшая всю прелесть полового акта, также может воспользоваться им для получения новых сексуальных впечатлений.

Использование такого интимного приспособления не требует специальных навыков: нужно просто приложить его кончик к эрогенной зоне (соски, клитор у женщин, область между мошонкой и анальным отверстием у мужчин и др.).

Фаллоимитаторы самим названием дают представление о своих формах и функциях, действительно являясь заменой пениса. Логичным было бы предположение, что такие инструменты применяются женщинами или гомосексуалистами для самоудовлетворения. Однако в реальности спектр их использования намного шире. Многие пары самой разной сексуальной ориентации с помощью названных приспособлений вносят особую изюминку в половой акт.

К этому же классу игрушек для взрослых можно отнести и искусственную вагину, которая в точности повторяет женские половые органы. Этот сексуальный инструмент может быть самых различных форм, цветов, иметь запах, присущий женским гениталиям, или любой другой. Существуют также приспособления со встроенным вибратором, для того чтобы доставить мужчине незабываемое удовольствие.

Для усиления полового возбуждения некоторые пары используют специальные духи с экзотическими запахами, порнофильмы, порножурналы, эротическое нижнее белье, сексуальную одежду и т. д.

Организм человека вырабатывает различного рода естественные смазки — такие, как слюна, вагинальный и выделяемый мужскими гениталиями секреты. Иногда их количества недостаточно (после болезни, во время менструации, после родов и т. д.), и в таких случаях будет разумно применить специально разработанные для этого кремы и гели, которые можно приобрести в аптеках, секс-шопах и т. д.

Помимо основной функции, искусственные увлажнители могут выполнять роль сексуального приспособления, т. к. их использование зачастую становится еще одним приемом интимной игры, доставляя партнерам большое удовольствие. Кроме того, существуют кремы и гели, которые дезодорируют, возбуждают мужские и женские эрогенные зоны, задерживают семяизвержение, расслабляют мышцы ануса и т. п.

Любовь нечаянно нагрянет

Вы, наверное, не раз слышали эти строчки из песни: «Любовь нечаянно нагрянет, когда ее совсем не ждешь»... Страсть в этом смысле мало чем отличается от любви. Она точно так же захватывает человека в самый, казалось бы, неподходящий момент и уносит вихрем, заставляя решиться на поступки, которые в обычном своем состоянии он ни за что не совершил бы.

Именно это свойство страсти делает секс в необычных местах таким привлекательным для многих. Согласитесь, ситуация, когда все заранее известно (где, когда), привносит в сексуальные отношения некоторую приторность и лишает его романтичности.

К сожалению, внезапные порывы страсти зачастую грозят любовникам мелкими (а если кому-то очень не повезет, то и крупными) травмами. Например, в комнату заглянули родственники, а вы от неожиданности упали с кровати и подвернули ногу.

Дабы уберечь читателя от подобных неприятностей, ниже мы приводим несколько полезных советов, относящихся к сексу в необычных местах.

Интимные развлечения в воде

Что привлекает влюбленных в таких развлечениях:

— как известно, в воде тело весит несколько меньше, чем на суше. Это замечательное свойство позволяет заниматься любовью в таких позах, о которых вы раньше только слышали или читали в специальной литературе;

— имитируя уроки по спасению утопающих, можно заниматься сексом даже на многолюдном пляже. Поймут, что же именно вы там делаете, лишь люди наблюдательные или те, у кого очень богатое воображение.

Отрицательные стороны:

— пруды, реки, моря и океаны являются естественной средой обитания большого количества микроорганизмов, далеко не все из которых безопасны для человека;

— в воде мышцы часто сводит судорогой, причем не только икроножные. Больно и очень неприятно;

— вода способствует тому, что реакция человека на внешние раздражители ослабляется. Поэтому сексуальные ощущения несколько приглушаются.

Что делать:

— можно проводить сексуальные эксперименты в воде (только осторожно), если хотя бы один из вас умеет плавать;

— не переживайте, если эрекция появится не так быстро, как обычно. В воде, особенно если она холодная, это нормально;

— запаситесь кремом или гелем, заменяющим естественную смазку, иначе сексуальный акт останется незавершенным. Вода очень легко смывает естественные увлажнители;

> Предавясь развлечениям в воде, не стоит чрезмерно увлекаться друг другом. В противном случае вы рискуете потерять контроль над ситуацией. Так и утонуть недолго.

— если есть возможность выбора, лучше заниматься сексом в морской воде, т. к. она обладает антисептическими свойствами, а следовательно, риск заболеть значительно меньше, чем в пресной воде.

Интимные развлечения в сауне

Что привлекает:

— теплая, влажная атмосфера в сауне способствует расслаблению, поэтому сексуальные переживания обостряются;

— можно вылить на раскаленные камни немного возбуждающей настойки из трав;

— освобождение от одежды не отнимает много времени и сил из-за практически полного отсутствия таковой.

Что делать:

— чтобы избежать ожогов (согласитесь, прижаться в интересный момент к раскаленной печке — не самое приятное ощущение), лучше перебраться в душевую;

— использование веника подарит вам незабываемые ощущения и дополнительное наслаждение.

Интимные развлечения в поезде

Что привлекает:

— отправляясь в дальнее путешествие на поезде, вы наверняка позаботились о питании (традиционные вареные куры и беляши, купленные на вокзале) и о том, чем вы будете заниматься в дороге (кроссворды, сборники анекдотов, газеты и т. д.). Но неизбежно через некоторое время вас настигнет скука, и пейзаж за окном перестанет привлекать внимание. Именно в такие моменты интимный контакт приобретает наибольшую привлекательность;

— если совершать фрикции в такт стуку колес, то добавочная инерция усилит сексуальные ощущения;

— начав половой акт, например, в Волгограде, вы вполне естественно закончите его за несколько сот километров от этого города.

Недостатком интимных развлечений в поезде является плохое состояние туалетов, которое не оставляет ни малейшей надежды на элементарную гигиену. Поэтому заранее позаботьтесь о чистых полотенцах и влажных салфетках.

Отрицательные стороны:

— теснота спальных мест в российских вагонах, с одной стороны, сближает вас с партнером, с другой — лишает маневренности;

— некоторые неразумные животные (да и нетрезвые люди, впрочем, тоже) имеют привычку выходить на рельсы. В связи с этим машинист поезда может резко затормозить, что приводит к ряду неприятнейших последствий: например, падая, вы рискуете разбить колени, ободрать нос и т. д.;

— подтверждением закона подлости станет голос проводника, в самый интимный момент раздавшийся за дверью: «Не нужны ли вам постельное белье, полотенца, горячий чай и т. д. Подъезжаем к городу такому-то — не хотите ли прогуляться?» Обеспокоенный длительным молчанием, он может открыть дверь универсальным ключом.

Что делать:

— садясь в поезд, следует строго сказать проводнику: «Я научный работник, пишу диссертацию, поэтому отвлекать меня от работы — значит лишить человечество величайшего открытия в области...» (тут каждый выбирает свое);

— дабы уберечься от случайной травмы в результате резкого торможения и пополнить свой сексуальный опыт, стоит поэкспериментировать на столике, который крепится между полками;

— термос с горячей водой и парочка лишних комплектов постельного белья частично заменят ванную комнату.

Интимные развлечения в автомобиле

Что привлекает:

— по данным официальной статистики, около 30% молодых американцев получают свой первый сексуальный опыт именно в автомобиле. Это обусловлено тем, что машина — наиболее доступное место для половых контактов;

— стремительный темп езды, ветер в лицо, запах асфальта удивительным образом настраивают на физические упражнения на заднем сиденье автомобиля.

Отрицательные стороны:

— когда стекла в машине не затонированы, вы рискуете оказаться бесплатным развлечением для прохожих, даже если вначале окрестности были пустынны;

— если переднее сиденье строго фиксировано и не откидывается на 180°, то наиболее удобная позиция — «кресло», в которой мужчина сидит на коленях у своей партнерши. Секс в этой позе неудобен тем, что мужчина постоянно будет ударяться головой о потолок. Поэтому приходится все время контролировать движения, что, конечно же, отвлекает.

Во время занятий любовью в автомобиле внезапно в самый интересный момент вы видите, что пейзаж за окнами странно меняется. Вместо того чтобы чинно стоять на месте, окружающие деревья и кусты почему-то передвигаются. Это не признак всемирного сумасшествия, просто ваша машина решила «прогуляться» самостоятельно. Во избежание такой неприятности обязательно поставьте автомобиль на ручной тормоз.

Что делать:

— чтобы проезжающие мимо машины не создавали аварийных ситуаций, т. к. их водители засмотрелись на ваши упражнения, стоит припарковать автомобиль под углом к обочине;

— если у вас сломалась машина, то, как правило, помощи приходится ждать очень долго, а проезжающие вряд ли притормозят, чтобы узнать, что случилось и не нужна ли подмога, даже если вы будете активно размахивать руками или каким-либо другим способом пытаться привлечь их внимание. Если же вы остановились с целью утолить сексуальный голод и включили аварийную световую сигнализацию, то будете просто поражены количеством людей, готовых предложить вам свои услуги.

Интимные развлечения в лесу

Что привлекает:

— пьянящий аромат цветов и трав, шелест деревьев, ласковое солнышко. Не правда ли, в такой обстановке сильнее ощущаешь себя частью живой природы? Хочется скинуть путы цивилизации и почувствовать себя первобытным человеком;

— эфирные масла, которые содержат многие дикорастущие травы — такие, как ромашка, девясил, календула и т. д., — благотворно воздействуют на физическое состояние человека и его психику, тем самым настраивая на сексуальные удовольствия.

Отрицательные стороны:

— к сожалению, в лесу, помимо деревьев, кустарников, трав и цветов, можно встретить и других представителей живой природы, свидание с которыми нельзя назвать приятным. Это, например, комары, осы, оводы, мошкара и т. п. Эти маленькие и, казалось бы, безобидные создания способны испортить удовольствие;

Во избежание неприятных ощущений во время интимных развлечений в лесу (на земле в хвойном лесу — иголки и шишки, в лиственном — осока и желуди, в смешанном — и то и другое) запаситесь по крайней мере одеялом.

— даже если вам кажется, что вы абсолютно одни, не исключено: в самый интересный момент из-за соседней елки выйдет лесник. Также возможны встречи с грибниками или охотниками;

Что делать:

— заниматься сексом стоя не менее приятно, чем лежа, но более безопасно.

Интимные развлечения в самолете

Что привлекает:

— секс над облаками — такое вряд ли когда-нибудь забудется. Над вами только звезды, под вами — вся земля;

— половой контакт — прекрасное средство несколько сократить время полета;

— занятия любовью избавят вас от мыслей о том, что самолет может упасть, а террористы вместо Петербурга, куда летите вы, вполне способны отправить его в Монако.

Отрицательные стороны:

— единственное более или менее подходящее место для того, чтобы укрыться от глаз пассажиров и персонала, — туалет. Прямо скажем, тесновато, да и романтики никакой;

— в воздухе частенько встречаются воздушные ямы, попадание в которые грозит лично вам тем, что пол «провалится» под ногами, да и потолок опустится на вашу голову;

— недостаточная влажность воздуха, высокие нагрузки и перепады давления — вот только часть прелестей полета. И, как следствие, возможны одышка, тошнота и тому подобные симптомы, не способствующие половой активности.

Если ваше жизненное кредо — преодоление препятствий, то вы будете просто восхищены количеством трудностей, сопряженных с сексуальными упражнениями в самолете.

Что делать:

— можно притвориться спящим, накрыться одеялом авиакомпании и, положив голову на колени к соседке, доставить ей удовольствие своими ласками;

— используя то же одеяло, можно заняться активным петтингом.

Интимные развлечения в магазине

Что привлекает:

— ритм современного супермаркета вполне способен настроить вас на получение острых ощущений;

— сознание того, что вы делаете что-то запрещенное, добавит изюминку в сексуальный контакт;

— поход в магазин за покупками в дальнейшем, помимо того, что принесет чисто практическую пользу, по подарит вам еще и приятные воспоминания.

Отрицательные стороны:

— вам могут предъявить обвинения в действиях, оскорбляющих общественную нравственность, если кто-то узнает, зачем вы направились в примерочную кабину.

Что делать, если вас поймали в примерочной кабинке? Ситуация неприятная, но из нее можно выйти с достоинством, особенно если заранее морально подготовиться к тому, что такое может случиться. Итак, нужно непререкаемым тоном отмести все подозрения (а лучше всего — оскорбиться). Да, одежды на вас было мало, или ее не было вообще. Просто вы решили основательно пополнить свой гардероб. Иск по защите чести и достоинства — вот что грозит людям, оскорбившим вас.

Что делать:

— прихватите с собой в кабинку для переодевания большое количество одежды, тогда ни у кого не возникнет вопросов по поводу того, что же вы так долго там делаете.

Страсть, охватившая вас в самом неподходящем для интимных удовольствий месте, способна доставить незабываемое удовольствие. Сексуальные ощущения будут необычайно острыми, а впечатления — яркими. Нужно только, чтобы это на самом деле была страсть, а не половой контакт ради спортивного интереса.

ГЛАВА 4

Нетрадиционный секс

Хотите узнать поподробнее о нестандартных формах сексуального поведения? Тогда смело приступайте к чтению этой главы.

Гомосексуализм? Ну и что!

Под гомосексуализмом подразумевается сексуальное влечение к лицам своего пола, которое в наши дни, по данным статистики, присуще почти 6% (а то и больше) всех людей на Земле. Такие цифры заставили ученых задуматься, что же вызывает столь нетипичное поведение. После ряда исследований, проведенных в разных странах и социальных слоях общества, на первый план была выдвинута идея о кодировании сексуальных центров нервной системы на генетическом уровне, в результате чего человек становится либо гетеросексуалистом, либо гомосексуалистом. Ориентация же, как таковая, начинает формироваться еще в раннем детстве.

Но если эта теория верна, то как же быть с теми, кто вступал в гомосексуальные контакты из любопытства, но так и не стал заядлым геем или лесбиянкой. Опрос, проведенный американскими учеными, показал, что 25–37% из числа рассказавших о своих сексуальных контактах, имели нестандартные связи. Доктор Кинзи в связи с этим разработал специальную шкалу, позволяющую довольно точно оценить гомо- или гетеросексуальную направленность каждого человека:

— О — исключительно гетеросексуализм, гомосексуализм отсутствует;

— I — преобладает гетеросексуализм, гомосексуальные связи имеют место достаточно редко;

— II — преобладает гетеросексуализм, вступление в гомосексуальные контакты происходит часто;

— III — гетеро- и гомосексуализм наблюдаются в равной мере;

— IV — преобладает гомосексуализм, а гетеросексуальные контакты отмечаются чаще, чем от случая к случаю;

— V — преобладает гомосексуализм, гетеросексуализм проявляется крайне редко;

— VI — гомосексуализм выражается во всем (в половых контактах, поведении, эротических фантазиях и снах), наблюдается острое отвращение к противоположному полу.

> Бытовавшее до недавнего времени мнение, что гомосексуалисты придерживаются определенной роли в поведении (пассивной или активной), как оказалось, касается лишь части из них, другие же принимают то мужское, то женское обличье.

Помимо чисто биологического фактора в становлении ориентации, необходимо принимать во внимание и ряд социальных: семейный (матери, чрезмерно опекающие сыновей, и отцы-тираны, вызывающие страх), личностный (склонность к нарциссизму, страх перед сексуальным контактом с человеком другого пола), ситуационный (соблазнение в начальный период созревания, последствие совместной мастурбации лиц одного пола), внешний (гомосексуализм в тюрьмах, смена ориентации после разрыва с партнером противоположного пола).

Ученые, занимавшиеся изучением образа жизни, нравов, видов сожительства гомосексуалистов, пришли к выводу, что для большинства из них на протяжении жизни характерна частая смена партнеров. Наиболее распространенной формой сексуального контакта среди лиц нетрадиционной ориентации считается взаимная мастурбация, затем следуют орализм и анализм.

Гомосексуалисты живут по своим неписаным законам, определяющим т. н. психологию меньшинства. Очень часто они организуют свои клубы, газеты и даже собственные порносайты.

Тема гомосексуальной любви нашла свое отражение и в литературе. Среди наиболее известных произведений в первую очередь следует назвать древнегреческую лирику, драму или философскую прозу (например, «Пир» Платона), новеллы Теофиля Готье («Мадемуазель де Мопен»), Ги де Мопассана («Любовница Поля»), романы Эмиля Золя («Нана»), повести Томаса Манна («Смерть в Венеции»), Джеймса Бодуина («Другая страна»), Германа Гессе («Нарцисс и Гольдмунд») и др.

И вот здесь самое время совершить небольшой экскурс в историю нетрадиционной любви, чтобы узнать, откуда все началось и как к этому относятся люди разных времен и народов.

Этнографы сумели собрать много сведений, свидетельствующих о том, что в некоторых культурах сексуальные контакты между мальчиками и юношами считаются нормой. Такая практика известна у жителей острова Малекула, африканцев кавирондо, лау (остров Фиджи), дагомейцев, манус (Самоа), нама (Южная Африка), нгонде (Африка), гондов (Центральная Индия) и др. Однако сексуальные отношения двух мужчин, один из которых женат (или оба), рассматриваются уже как нечто запрещенное.

К гомосексуальным контактам в архаических обществах относятся довольно терпимо, причем в некоторых случаях нетипичные связи даже узакониваются. Например, у аранда (Центральная Австралия) молодой инициированный мужчина до вступления в гетеросексуальный брак имел право взять себе в жены мальчика-подростка.

Очень часто акты гомосексуальной любви среди прочих действий включаются в различные ритуалы или обряды инициации. Так, у малекула (Новые Гебриды) отец мальчика, которому предстояло начать во взрослую жизнь путем обрезания, выбирал для него взрослого опекуна, вступавшего с инициируемым в сексуальную связь. Считалось, что таким образом вместе с семенем взрослого мужчины подростку передается его смелость, мужество и т. д.

Приведем описание традиции гомосексуальных связей у папуасов самбия (Новая Гвинея), считающих непременным условием для нормального роста и развития мальчиков регулярное питье спермы. Итак, семилетнего ребенка мужского пола отбирают у матери и поселяют среди ровесников, а также подростков и юношей. До начала полового созревания мальчик совершает акты фелляции старших подростков и юношей, а затем его самого начинают обслуживать новички. При этом соблюдается иерархия: старший не может проводить фелляцию с младшим, не допускаются сексуальные контакты и между близкими друзьями. Юноши, достигшие брачного возраста, получают право вести бисексуальную жизнь. Став же отцом, мужчина обязан прекратить однополые контакты и должен посвятить себя исключительно представительницам противоположного пола. Такое воспитание лиц мужского пола, по мнению папуасов, способствует искоренению в них женского начала и возвышению мужского. Данный ритуал хранится в строжайшей тайне от женщин и считается одним из самых важных элементов культа мифического прародителя — Намбулью.

Жители Эллады снисходительно относились к нетрадиционным отношениям только в двух случаях: если гомосексуальная связь возникала между свободными людьми или между взрослым мужчиной и мальчиком-подростком. При этом древнегреческий воин обязывался обучать вверенного ему подростка всем премудростям боевого искусства. Достигнув совершеннолетия, юноша оставлял своего учителя и вступал в самостоятельную жизнь.

В ранний период существования Римской империи вполне законным считалось сожительство двух мужчин или двух женщин. Достоверно известно, что даже императоры вступали в брак с мужчинами (одним из наиболее известных примеров тому служит гомосексуальная связь Нерона).

В средневековую эпоху в Европе, когда под влиянием церкви осуждалась сексуальность как таковая, людей, уличенных или обвиненных по доносу клевретов в гомосексуальной связи, приговаривали к суровым наказаниям, а зачастую к смертной казни. Таким образом, вступление в нетипичный половой контакт приравнивалось к тягчайшему уголовному преступлению.

В XIX веке отношение к однополой любви отличалось большей терпимостью, чем в предыдущие времена. По кодексу Наполеона, например, гомосексуальная связь считалась преступлением только в том случае, если применялось насилие или акт осуществлялся прилюдно. Аналогичные пункты были вписаны и в законодательство таких стран, как Бельгия и Голландия.

В России первые светские законы против содомии были изданы Петром I, причем они, как правило, касались только солдат, но не гражданского населения. В правление Николая I мужеложство (имелись в виду анальные контакты) каралось конфискацией имущества и ссылкой в Сибирь на 4–5 лет. Однако на практике законодательные меры применялись достаточно редко. Известны достоверные факты из биографии многих аристократов (в том числе и членов императорской фамилии), подтверждающие их гомосексуальные связи.

В начале XX века появилась русская гомоэротическая беллетристика и живопись.

В 1903 году была напечатана статья В. В. Набокова о правовом положении приверженцев однополой любви в России.

После Февральской революции партии анархистов и кадетов официально предложили отменить антигомосексуальное законодательство. В XX веке гомосексуализм был окончательно вычеркнут из разряда неизлечимых половых отклонений и приравнен к нетипичному сексуальному поведению.

В настоящее время во многих странах правительство произвело корректировку законов, устранив параграфы с наказаниями за гомосексуализм. Дания, Швеция и Норвегия пошли еще дальше, разрешив гомосексуальным парам вступать в законный брак, дающий такие важные преимущества, как социальное страхование, право наследования имущества и др.

Поклонницы Сапфо

Как правило, определить, лесбиянка ли женщина, намного сложнее, чем опознать мужчину-гомосексуалиста. Общество сквозь пальцы смотрит на объятия и поцелуи женщин, строго осуждая за такое «безобразие» мужчин. Кроме того, большинство женщин осознают свои истинные наклонности достаточно поздно, успевая к этому моменту обзавестись мужем и детьми.

Лесбиянке не так-то просто дать понять другой женщине, в каком плане та ее интересует. В такой ситуации обе могут ожидать, что первый шаг к близости сделает другая. Но если лесбиянка и решается оказать соответствующие знаки внимания понравившейся ей женщине, то последней они могут истолковываться как проявление дружбы — и ничего более. Потребуется немало времени, прежде чем подруги поймут друг друга, но и тогда нет гарантии, что женщина, вызвавшая к себе интерес лесбиянки, согласится вступить с ней в сексуальные отношения.

Становится понятно, что лесбиянки имеют сексуальные связи гораздо реже, чем им хотелось бы. К тому же женщин вряд ли привлечет случайная возможность контакта с подругой на одну ночь. В отношениях друг с другом они обычно стремятся не только к получению сексуального удовлетворения, но и к взаимопониманию, дружбе, любви.

Богатая эмоциональная натура женщин и их физическое тождество позволяют достигать при сексуальных контактах друг с другом наивысшего блаженства. Длительные ласки, включающие объятия и поцелуи, про которые так часто забывают мужчины, составляют основу лесбийского секса. Причем в данном случае они служат не прелюдией к настоящему акту, а самостоятельной ценностью. Женщина, зная свое собственное тело, способна намного эффективнее мужчины привести подругу в состояние максимального возбуждения. Оргазм же, как правило, испытывается лесбиянкой при стимуляции клитора.

Нужно заметить, что лесбийский секс может не ограничиваться одним оргазмом, как при гетеросексуальном общении, и иметь затяжной характер.

Лесбийские пары отличаются большим постоянством, и иногда им даже удается создать подобие семьи. Женщины решают обзавестись ребенком, для чего одна из них прибегает к помощи мужчины или к искусственному оплодотворению. Появившийся на свет ребенок воспитывается обеими матерями.

Однако многие лесбийские пары сталкиваются с такой проблемой, как пассивность обеих партнерш, когда ни одна из них не хочет взять на себя мужские функции. В результате сексуальные контакты становятся редкими, заметно теряя свою привлекательность для обеих женщин. В таком случае может помочь только своевременное взятие на себя одной из лесбиянок роли мужчины.

Фетишизм

Фетишизм также представляет собой род сексуального отклонения, причем весьма распространенного. По своей этимологии слово «фетиш» французского происхождения и переводится как «идол» или «кумир».

Что касается практической стороны дела, то изначально это название было дано особым фигуркам, которые являлись предметом религиозного поклонения у некоторых народов, веривших в их волшебную силу. В сексологию термин «фетишизм» («сексуальный символизм») вошел в 1887 году в значении «получение сексуального возбуждения и удовлетворения в результате созерцания или определенных манипуляций с одеждой, частью тела или каким-либо предметом, символизирующим сексуального партнера».

Истории известны случаи, когда состоятельные коллекционеры высылали своим любимым красивое и дорогое нижнее белье с просьбой выслать его после применения по назначению (до востребования, разумеется), а за это им предлагалась крупная сумма денег. Конечно, не все поддавались на уговоры и соглашались на подобное; все зависело от того, насколько был настойчив поклонник (или поклонница).

Следовательно, для фетишиста не имеет большого значения непосредственное присутствие партнера, для него достаточно наличия некоего символа, с ним ассоциирующегося. Причем по значимости этот символ стоит выше самого партнера.

Интересно, что фетишем может стать практически любая вещь (даже часть тела); партнер при этом ею замещается.

В большинстве случаев все фетишисты со страстью коллекционируют возбуждающие их предметы, чаще всего одежду, нижнее белье, обувь, парики и т. п. Но тут возникает вопрос; как вещи попадают в руки таких людей, ведь для них значимы только предметы, принадлежащие определенному лицу. Ответ прост: эти личности ни перед чем не останавливаются, будь то воровство, вымогательство, купля или дарение.

Сатириаз и нимфомания

Сатириаз и нимфомания — это, по сути дела, два одинаковых явления, имеющих общее название «гиперсексуальность», только одно из них относится к особенностям мужской сексуальности, а другое — женской. Поговорим по каждому из данных вопросов отдельно, хотя эти явления сходны.

Вообще, гиперсексуальными принято считать людей, отличающихся необычайно высоким либидо (половым влечением), которое редко удовлетворяется, хотя человек живет постоянной половой жизнью и совершает соития с огромным количеством партнеров.

Повышение сексуального влечения у лиц мужского пола может объясняться не только наличием патологии, но и физиологической реакцией, которая в большинстве случаев имеет место в период взросления у подростков, не живущих регулярной половой жизнью, а также у мужчин после продолжительного воздержания.

Итак, сатириаз (приапизм, или донжуанизм). Для начала необходимо сказать, что наличие данной сексуальной патологии (а в том, что это патология, у психиатров нет никаких сомнений) устанавливается только в том случае, когда больные сами жалуются на изнуряющую сексуальную возбудимость, которую они не в состоянии контролировать.

Не следует относить к патологии и случаи высокой потентности (для которой свойственно учащение спонтанных эрекций и последующих половых актов) при наличии интенсивной половой жизни, которые также объясняются особенностями полового устройства. Что же касается непосредственно сатириаза, то это явление носит истинно патологический характер, что объясняется причинно-следственными связями с различными патологическими состояниями организма, следовательно, имеет вторичную причину. Проявляется сатириаз в виде изолированного полового влечения, однако в большинстве случаев наблюдается своеобразное сочетание влечения с учащением эрекций спонтанного и адекватного характера.

Что касается продолжительности полового акта при данной патологии, то она может быть различной: от преждевременного семяизвержения до затяжного соития. Так как сатириаз в чистом виде встречается очень редко, он имеет небольшую практическую значимость в сексопатологии.

В большинстве случаев причина приапизма кроется в наличии какого-либо психического расстройства, например гипоманиакального состояния, циркулярной шизофрении, гипертимической психопатии, олигофрении, истерии с гипертимическими тенденциями, а также в различных случаях, связанных с органическим поражением головного и спинного мозга, эндокринопатией, урогенитальной патологией.

Что касается нимфомании, то она характеризуется изолированным повышением либидо, которое может сочетаться с усилением чувствительного компонента полового акта и способностью испытывать множественные оргазмы.

Нужно заметить, что данное явление втречается намного реже, нежели фригидность, что обуславливает его меньшее значение в практической сексопатологии. В большинстве случаев причины патологии (так же, как и сатириаз) кроются в наличии психических расстройств, органического поражения нервной системы, эндокринном или урогенитальном отклонении, а также некоторых других заболеваний.

А теперь немного об основных признаках сатириазиса и нимфомании. Во-первых, следует отметить, что у людей с данными отклонениями имеет место ненасытная сексуальная потребность, порой мешающая им в обычной жизни. В подобных случаях наблюдается безликость интимных отношений, т. к. в них отсутствует проявление эмоций, а само влечение распространяется не только на какого-то конкретного партнера. Несмотря на частые оргазмы, сексуальные потребности оказываются неудовлетворенными.

Причинами возникновения гиперсексуальности у женщин принято считать такие заболевания, как маниакально-депрессивный психоз (или маниакальное состояние), шизофрения (циркулярная форма с маниакальными проявлениями), психопатия, патологический климакс, истерия с гипертемическими проявлениями, опухоли гипофиза и яичников.

Нередко случается, что, заметив вышеприведенные особенности у своего партнера, человек не только пугается этого, но и ведет себя самым недостойным образом, что объясняется мыслью о превосходящей силе полового влечения второй половины. Характерно, что если подобное относится к женщине, то многие считают это ненормальным, а если к мужчине, то полагают, что у него все в порядке. В обществе принято высказывать отрицательные суждения по этому поводу и приклеивать ярлыки, называя женщину нимфоманкой, ненасытной развратницей, а мужчину — жеребцом и кобелем.

ГЛАВА 5

Реальность или выдумка?

Безусловно, многих интересуют вопросы о существовании тех или иных явлений, о которых много говорят, но говорят как-то неуверенно, используя такие слова и выражения, как «что-то слышал», «вроде бы оно существует», «кажется», «не уверен», «а может, это очередная сказка», «не приходилось встречаться» и т. д. Данная глава посвящена именно тому, что стоит на грани реальности и фантазии.

Тантра «Дао любви»

Все началось много столетий назад, когда в буддизме и индуизме появилось новое направление — тантризм. Со временем безымянными мудрецами были написаны т. н. тантры — своеобразные эзотерические тексты, в основе которых лежит религиозно-философская концепция — идея человека-микрокосма и представление о некоем половом энергетическом начале. Характерной особенностью направления является то, что оно получило распространение преимущественно на Востоке, а именно в Японии, Непале, Тибете и Китае. Что же касается нашей темы — тантры «Дао любви», то в переводе с китайского она звучит как тайное писание «Пути любви».

В том, что данное учение было разработано на Востоке, лежит глубокий смысл. Как известно, восточная культура отличается большой духовностью, обособляющей Восток от Запада. Возможно, по этой причине лишь немногие западные ученые занимались изучением традиционной китайской сексологии, хотя данный предмет, как и китайская культура в целом с ее уникальной способностью объединять рациональное и романтическое, интересует практически каждого человека, связанного священными узами брака.

Сексуальная жизнь китайцев в течение многих столетий была совершенно здоровой, свободной от элементов садизма и мазохизма и имела прекрасные возможности разнообразить и удовольствия, и взаимное удовлетворение. Поэтому вся литература по «Дао любви», несомненно, учит людей тому, как проявлять мудрость китайской культуры в делах любви и секса.

Любой, кто ознакомится с сексуальной техникой, описанной адептами даосизма, сразу поймет, что в ней нет ничего похожего на извращения или какую-нибудь патологию, хотя не исключено, что у некоторых возникнет и обратное мнение. Но не будем с ними спорить, истина не нуждается в том, чтобы ее доказывали. Более двух тысяч лет назад древние целители-даосы написали полные откровения и ясности тексты о любви и способах получения сексуального удовлетворения. Нет, они не были ни похотливы, ни застенчивы, т. к. относились к таинству любовной науки как к необходимому элементу для физического и умственного здоровья и благополучия. Так, например, по их глубокому убеждению, мужчина, способный наслаждаться частыми и продолжительными половыми актами, ценится гораздо больше, чем тот, кто обладает только молодостью и внешней привлекательностью.

В соответствии с философскими представлениями даосы уделяли огромное внимание технике секса. Все их стремления вылились в произведения словесного и живописного искусства.

Врачи-даосы относились к занятиям любовью как к естественному явлению, считая секс не только наслаждением, но и полезным видом деятельности, способствующим продолжению жизни. Такое понимание проблемы объясняет желание сохранить искусность в занятиях сексом. Для этого древними мудрецами было сформулировано множество различных методов (например, картины эротического содержания использовались как учебное пособие и возбуждающее средство для мужчин и женщин).

Несмотря на то что многие европейцы до сих пор продолжают отрицать «Дао», западные врачи поражаются его совершенству и пытаются проникнуть в его тайны. По всей видимости, «Дао любви» еще только предстоит открыть западным читателям свои сокровенные знания, ведь это искусство, по словам Вана Гулика, в течение нескольких столетий формировало принципы половых отношений китайцев.

В книге Филлис и Эберхарда Кронхаузенов, названной «Эротическое искусство», говорится о том, каким был этот вид искусства в Древнем Китае. Для того чтобы лучше оценить, как использовались альбомы рисунков, авторы советуют непосредственно обратиться к эротической китайской литературе, например к лучшему литературному произведению, относящемуся ко времени правления династии Мин, — «Йоу Пу Туань», где приведено описание сексуальных похождений юного ученика Вэй Янгшена. Юноша женился на умной и красивой девушке Ю-Сян (что в переводе означает Нефритовый Аромат), единственным недостатком которой была чрезмерная стыдливость: она отказывалась от полового акта, если он проходил не в полной темноте, и отвергала любую технику секса, отличавшуюся от общепринятой. К большому ужасу Нефритового Аромата, служанка узнала, что она ни разу не испытала оргазма во время половых сношений.

Чтобы как-то раскрепостить жену, молодой муж купил для нее дорогостоящий альбом эротических рисунков, с помощью которого он хотел обучить женщину правилам сексуальной техники и изменить ее отношение к данному вопросу. Как и следовало ожидать, Нефритовый Аромат сначала отказывалась даже взглянуть на «неприличны» рисунки, не то чтобы попробовать их на практике, но по прошествии некоторого времени муж все-таки уговорил ее изучать их вместе с ним. И уже скоро ее страсть настолько возросла, что она превратилась в ласковую, чувственную и отзывчивую женщину.

В довольно известной книге Р. В. Гулика «Половая жизнь в Древнем Китае» встречаются следующие высказывания: «Вероятно, именно это душевное отношение (считавшее половой акт частью порядка в природе... он никогда не связывался с чувством греха или нарушением морали) совместно с почти полным отсутствием наказаний привело к тому, что половая жизнь Древнего Китая была в целом здоровой, замечательно свободной от патологических ненормальностей и нарушений, обнаруженных во многих древних культурах».

Китайцы, благодаря своим сексуальным приемам, культивировавшимся столь продолжительное время, были и остаются одним из самых сильных и долгоживущих народов, в то время как на заре третьего тысячелетия западному человеку «Дао любви» представляется чем-то революционным. Но, по всей видимости, это скоро будет исправлено, т. к. с каждым новым открытием западные сексологи убеждаются в полезности советов даосов.

Однако неправильно было бы думать, что данного исследователя заинтересовало только отношение древних китайцев к сексу. И хотя это тоже имело для него существенное значение, в большей степени его привлекала практическая сторона вопроса. В качестве основных принципов «Дао любви» необходимо выделить управление эякуляцией, удовлетворение женщины и понимание того, что мужской оргазм и эякуляция — далеко не одно и то же.

Нужно отметить: хотя древние китайские трактаты написаны более цветистым и поэтическим языком, чем западные, это вовсе не означает, что их авторы несерьезно относились к вопросам любви и секса. В действительности они понимали, что хорошее здоровье и долголетие тесно связаны с полноценной половой жизнью, и потому все вопросы, касающиеся данной области, составляли важную часть медицины. Причем такое положение вещей нисколько не противоречит получению удовольствий. Основная идея «Дао любви» кроется в том, что занятия сексом только тогда являются полезными, когда с их помощью достигается полное моральное и физическое удовлетворение.

Для того чтобы понять путь любви, необходимо прежде получить представление о нем как о части философии. В древности говорили, что «если конфуцианство — верхняя одежда китайца, то даосизм — его душа». Своим долголетием цейлонская цивилизация прежде всего обязана философским учениям, написанным в поэтической форме и проповедовавшим терпение и гармонию.

По представлениям и верованиям китайцев, дао воплощает собой мудрость природы, рожденную в незапамятные времена (точную дату никто не знает). Однако в VI веке до н. э. мудрец Дао Цзы собрал ее основные моменты в книге «Дао Де-Цзин», состоящей всего лишь из 5–6 тысяч слов. Впоследствии она была переведена на многие языки мира, однако вся беда в том, что каждый переводчик понимал эти правила посвоему, а следовательно, не обходилось без искажений. Что же касается непосредственно философии, то в ее основу легла мысль о том, что сексуальная энергия и большая подвижность являются источником всей жизни. Если мы находимся в гармонии с источниками бесконечной силы природы, то можем надеяться на долгую жизнь. По сути, этот принцип является важнейшим в «Дао Де-Цзин». Следовательно, выходит, что дао — это и есть бесконечная сила природы.

Как уже было упомянуто, одним из основных моментов данной философии является вопрос об эякуляции. Китайский врач, живший в VII веке, — Сунь Сю Мо — утверждал, что, как только мужчина достигнет 40-летнего возраста, он должен более внимательно относиться к эякуляции (древние даосы также учили, что мужской оргазм и эякуляция — понятия разные и не нужно их путать). При этом уменьшение числа эякуляций вовсе не означает, что мужчина слабеет в сексуальном плане или испытывает меньшее сексуальное удовлетворение. Следовательно, представления об эякуляции как о «вершине удовлетворения» — не что иное, как миф, причем вредный для мужского здоровья.

Вся философская система дао построена на терпении. Поэтому, чтобы присоединиться к бесконечной силе, необходимо полностью расслабиться, а потом уже приступать к занятиям.

В связи с вышесказанным будет нелишним познакомиться с дискуссией между советниками императора Чжан Ди по «Дао» из старинной книги «Ю Фан Пи Чюч» («Секреты нефритовой шкатулки»). Так, одна из советниц императора — Пай Ню — говорит: «Обычно предполагается, что мужчина получает большое удовольствие от эякуляции. Но с изучением «Дао» он будет испускать все менее и менее — не будет ли его удовлетворение также снижаться?»

Пен Цзу, высший советник Чжан Ди по «Дао», отвечает, что это не соответствует действительности. Обычно после эякуляции нормальный мужчина чувствует усталость во всем теле, ему хочется спать. В самом процессе он имеет лишь секунду возбуждения, после которой следуют долгие часы утомления: разве это удовольствие? Но если же мужчина способен регулировать и сокращать свою эякуляцию до абсолютного минимума, то тело его усиливается, ум, слух и зрение улучшаются. И хотя в некоторых случаях складывается впечатление, что мужчина сдерживает сильное возбуждение, связанное с этим процессом, его любовь к женщине не только возрастает, будто бы он никогда не может ею пресытиться. В том-то и состоит подлинное удовольствие. Далее, рассказывая о своем сексуальном опыте, адепт называет несколько причин, по которым эякуляцию нельзя назвать истинным удовольствием. Во-первых, тот факт, что мужчина все время думает только о выбросе семени, не способствует получению удовлетворения; во-вторых, женщина в большинстве случаев боится беременности; в-третьих, при использовании противозачаточных таблеток или других видов контрацепции

> Многие западные ученые и психологи пришли к выводу, что человеческое счастье и благополучие почти недостижимы без регулярной любви – осязания между супругами. Об этом говорится и в тантре «Дао любви», за небольшим исключением: даосисты подчеркивали необходимость для мужчины владеть способностью к регулированию эякуляции, считая, что такое умение поможет обоим партнерам накопить огромный запас возможностей к осязанию и любви.

она опасается побочных эффектов, а также того, чтобы не пропустить времени их приема.

«Каким же образом можно достигнуть полного удовлетворения, если в самое неподходящее для этого время приходится думать и беспокоиться о стольких вещах?» — недоумевает адепт.

А какие преимущества есть у человека, практикующего «Дао любви»? Во-первых, он и его партнерша избавлены от всех вышеупомянутых страхов и могут предаваться любви в любое время суток, причем столь сладостный процесс может происходить так часто и так долго, сколько этого требуется для того, чтобы оценить и почувствовать нежность кожи любимого человека, линии и изгибы его тела, а также соблазнительные запахи, испускаемые соответствующими органами при занятиях любовью. Разве возможно испытать подобное, опасаясь чего-либо?

Однако ни одна из названных причин не способствует пониманию секса без эякуляции. Пожалуй, можно только задать встречный вопрос: «Что же такое эякуляция?»

Возможно, ответ будет приблизительно следующий: эякуляция — это освобождение от накопившегося напряжения взрывным путем. То есть получается, что она подобна крику ярости или взрыву смеха, которые также являются способами выброса энергии. Высвобождение энергии происходит и при занятиях сексом без эякуляции, только в таком случае процесс протекает более спокойно и плавно, оба партнера испытывают чувство небывалого единения, а следовательно, и счастья. Следует сказать, что при изучении «Дао» особое внимание мужчина должен уделить регулированию семяизвержения с учетом возраста и состояния здоровья. Не нужно думать, что подобную «экзекуцию» даосисты придумали ради своей прихоти. Нет, данное заключение было выработано ими сотни лет назад и исходит из внимательного наблюдения, подтверждающего, что семя — одна из жизненных сущностей, которую необходимо использовать очень умеренно.

Если мужчине удастся установить контроль над этим процессом, то он не только сможет сохранить свою жизненную сущность, но и выиграет гораздо больше: его партнерша по сексу никогда не будет испытывать чувство неудовлетворенности, т. к. у нее появится уверенность в себе, а это, в свою очередь, приведет к регулярности и полноценности занятий любовью. В результате оба получат гораздо больше пользы от взаимоотношений сущностей друг друга: он — от ее инь-сущности, а она — от его ян-сущности, что, безусловно, поможет им достичь полной гармонии, которую древние китайцы называли «гармонией инь и ян» (женского и мужского) или «Дао инь и ян» (что означает «общение инь — ян»).

> Согласно «Дао любви», для достижения наивысшего наслаждения мужчина должен любить свою партнершу, но при овладении теорией и практикой контроля эякуляции ему необходимо абстрагироваться от своего чувства. Это обеспечит ему собранность.

Наверняка многие мужчины считают затруднительным для себя акт любовного прикосновения к партнерше, когда она отдыхает, при этом каждый предпочитает, чтобы женщина также не касалась его в тот момент, когда он устал. Однако подобным образом поступает только не имеющий представления о всех преимуществах, которые дает знание «Дао любви». Рассмотрим, каковы причины данного затруднения. В основном они касаются либо страха не удовлетворить партнершу, либо желания лечь спать без всяких осложнений. Но если же мужчина умеет регулировать свою эякуляцию, то для него данный вопрос не является проблемой, т. к. он может насладиться прикосновениями и ласками даже при таких «неблагоприятных» условиях. А все потому, что «Дао» не требует усилий и не сопровождается усталостью.

Как же научиться регулировать семяизвержение? В отрывке из Ву Сыня даны следующие советы.

Первое: начинающему не следует слишком сильно возбуждаться или же быть чрезмерно страстным.

Второе: новичок «Дао» должен начинать с женщины, которая не отличается красотой и обаянием и чьи нефритовые ворота не слишком тесны, ибо только с такой партнершей он сможет научиться управлять собой. Если же она будет слишком прекрасна, то он может потерять голову, а при наличии тесного влагалища (что характерно для молоденьких и неопытных женщин) он слишком быстро возбудится и в результате не сможет совладать со своей эякуляцией.

Третье: вступающий на путь любви должен научиться входить мягко и выходить с силой.

Четвертое: для начала неопытный мужчина должен испробовать метод трех мелких и одного глубокого толчка, причем стараться произвести восемьдесят один толчок за один вход.

Метод торможения занимает ведущее место в теории Дао, так как он необходим для продления времени полового акта (особенно это рекомендуется при наличии партнерши, отличающейся меньшей возбудимостью).

Пятое: если учащийся почувствует, что слегка возбужден, то ему необходимо применить метод торможения, т. е. тотчас же прервать толчки и вытащить свой нефритовый пик до того уровня, когда внутри нефритовых ворот останется только около одного дюйма или еще меньше. Он обязан успокоиться и только потом возобновить движения.

Шестое: освоив метод трех мелких и одного глубокого толчка, начинающий может испробовать технику пяти мелких толчков и одного глубокого.

Седьмое: далее толчки должны производиться таким образом — девять мелких и один глубокий.

Восьмое: научившись контролировать эякуляцию, мужчина должен сдерживать нетерпение.

Древние даосы считали, что истинная радость любви заключается в экстазе двух тел и душ, объединяющихся в поэзии. Как уже было сказано, любовь должна быть истинным общением полов, а не сводиться к механическим действиям, мало чем отличающимся от мастурбации. Что же, по мнению древних мудрецов, подлинная, полная радостей любовь? Они описывали ее как радость человека, сидящего под цветущими майскими деревьями в горной долине или плавающего под величественным водопадом Лу Шань и глядящего в мерцающее безграничное озеро Цу Ян, или слушающего щебетание голубых птиц перед изумительным Гранд каньоном на закате солнца после дождя. Красиво, не правда ли? Поэтому любящие друг друга должны стремиться развивать в себе способность к таким сексуальным отношениям, которые наполнены не только чистым удовлетворением, но и поэзией. Если они смогут добиться этого, то испытают подлинную радость любви и навсегда избавятся от недостойных мыслей и соответствующих деяний.

Желающий встать на путь любви должен раз и навсегда усвоить один важный момент: женщины нуждаются в похвале и признании их достоинств, что распространяется и на занятия сексом. Следуя этому правилу, мужчина не только познает сладострастие любви в экстазе, но и освобождается от озабоченности, связанной с семяизвержением.

Что же касается начинающих любовников, то им в первую очередь следует заняться изучением, распознаванием и оттачиванием своих чувств и способностей, к каковым относятся осязание, вкус, зрение, слух, речь и ощущения, а потом — применением их на практике.

Говоря об эякуляции и о необходимости ее контролировать, просто нельзя обойти вниманием методы торможения. И хотя некоторые сексологи утверждают, что для достижения подобного эффекта в постели нужно максимально абстрагироваться и думать только о посторонних вещах, например о политике, работе, футбольном матче, это не самый лучший способ. Если вы будете прибегать к нему слишком часто, то секс превратится в некое подобие физкультуры.

Здесь, пожалуй, подойдет один из самых старых и проверенных методов, который опять же выработали китайцы и который шаг за шагом был описан Ву Сынем.

1. «Метод торможения эякуляции похож на попытку остановить рукой желтую реку», — говорит адепт. Для его овладения нетерпеливому мужчине может потребоваться более двадцати дней, однако более спокойный и выдержанный сможет изучить его за половину этого времени. Внимательное изучение предлагаемого метода в течение месяца — и семя мужчины будет в полной сохранности.

2. Преимущество данного метода заключается в легкости его выполнения. Так, например, если мужчина делает три мелких и один глубокий толчок, то он может закрыть глаза и рот и дышать глубоко и спокойно через нос (в этом случае он не будет задыхаться). Но когда в определенный момент мужчина почувствует, что теряет контроль, он должен одним быстрым движением оторвать свое тело от тела партнерши, вытащить половой член до одного дюйма

(2,54 см) или больше и оставаться в таком положении без движения. Спустя некоторое время мужчине следует глубоко вздохнуть и одновременно втянуть низ живота таким образом, как если бы он сдерживал себя во время поисков подходящего места для оправления малой нужды. Размышляя о необходимости сохранения своего семени и о том, что оно расходуется при глубоком дыхании, мужчина вскоре успокоится. А как только это произойдет, он может возобновить толчки.

> **Выполняя все советы «Дао» на практике, даже пожилой человек вполне способен не только к весьма продолжительному сношению, но и более частым занятиям любовью, нежели раньше. Потом немаловажное значение для него будет играть тот факт, что его партнерша станет достигать более полного удовлетворения.**

3. Желающему применить метод на практике необходимо помнить о своевременном прекращении толчков до наступления сильного возбуждения. Если же он отступит уже будучи сильно возбужденным и попытается отвести свое семя назад, то в этом случае оно уже не вернется, а уйдет в его мочевой пузырь или почки, что грозит целым рядом заболеваний (например, воспалительными процессами в пузыре, тонких кишках или в почках).

4. И последнее, о чем нужно сказать: при использовании данного метода лучше отступить слишком рано, нежели слишком поздно.

Занимаясь любовью таким образом, мужчина не только сохранит свою энергию, но и будет чувствовать себя собранным и уверенным в своих силах. Для этого он должен строго соблюдать все требования и не извергать семени до тех пор, пока не сделает по крайней мере пять тысяч толчков.

Помимо метода сдерживания, или, как его еще называют, метода запирания, древние даосы советовали использовать технику сдавливания. Она очень проста в применении, что позволяет использовать ее почти во всех позах. Суть данной техники в том, что мужчина при занятиях любовью производит сдавливание, т. е. с помощью указательного и среднего пальцев левой руки в течение 3–4 секунд нажимает на точку между мошонкой и задним проходом. Одновременно с этим он делает глубокий вдох. Данный метод имеет много преимуществ, одно их них то, что мужчине не нужно выводить член из влагалища. А значит, не исключено, что партнерша не заметит данной хитрости, т. к. тесное общение не прекратится ни на минуту.

> Поклонники «Дао любви» посвятили значительное количество времени выработке стилей и глубине толчков не только потому, что испытывали при этом большое наслаждение. Они были твердо уверены, что без осознания преимуществ толкания общение инь и ян будет неполноценным. Характерно, что сей процесс для них был сродни производству электричества: без правильного трения искры не получится.

Что касается мужчин в возрасте, то в большинстве случаев они не считают регулирование семяизвержения большой трудностью. Их проблема заключается в ином — они должны раз и навсегда избавиться от мысли, что обязаны эякулировать каждый раз, как только занимаются сексом. Для пожилого человека прежде всего необходимо уяснить все преимущества сдерживания семени. Со временем для мужчины в возрасте раскроется вся прелесть многих новых ощущений, которые невозможны при быстро протекающем процессе. Он познает истинное наслаждение, попробовав вкус страсти (что также подразумевает вкус и запах слюны, а также смазки партнерши).

Немаловажное место в «Дао любви» занимает знание разновидностей толчковых движений, которые различаются как по стилю, так и по глубине. В этом отношении самой ценной является книга врача Ли Тун Сяня (VII век) «Тунь Суань Цзы», в которой автор выделяет шесть различных стилей.

Стиль 1. Мужчина должен войти в контакт с партнершей и вгонять свой нефритовый пик челночным движением взад и вперед, распиливая нефритовые ворота таким образом, как если бы речь шла о раскрытии устрицы.

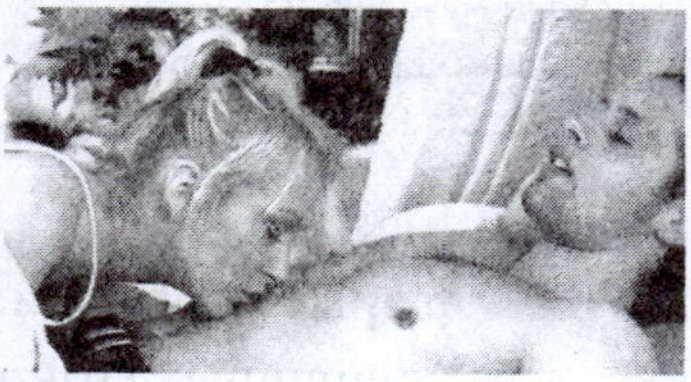

Стиль 2. Толчок вниз к нефритовым воротам, как бы разбивая камни в поисках прекрасного нефрита.

Стиль 3. Мужчина сильными и резкими движениями толкает свой фаллос в направлении клитора таким образом, как если бы он толок железным пестиком в медной ступке.

Стиль 4. Мужчина двигает свой инструмент в направлении туда и обратно, ударяя попеременно то в левую, то в правую сторону «смотрового зала» (стороны наружных органов), уподобляясь кузнецу, придающему форму железу пятью молотами.

Стиль 5. Нефритовый пик и нефритовые ворота сильно и тесно трутся друг о друга, подобно смешавшимся лавинам.

Стиль 6. Мужчина ударяет своим фаллосом взад и вперед короткими и медленными ударами внутри наружных органов.

Так как древние даосы не боялись временной импотенции, их «Дао любви» не знает этого страшного слова. Если на Западе оно несет крайне отрицательный подтекст и означает несостоятельность мужчины, который не может произвести полноценный половой акт, то на Востоке мужчина не считается беспомощным, если его пенис не встает.

Вышеизложенное объясняет причины, по которым мудрецы-даосы настаивали на тщательной разработке разнообразных стилей толкания, а также рекомендовали идеальное число ударов при сношении. Тот, кто имел возможность познакомиться с литературой Древнего Китая, наверняка встречал упоминание о «тысяче любовных толчков», которые необходимы для полного удовлетворения женщины. Понимать такое выражение следует в буквальном смысле, хотя многим, не знающим «Дао», тысяча может показаться не сексуальным удовольствием, а, наоборот, непосильным трудом. Но ведь наверняка любой мужчина будет горд тем, что может удовлетворить даже самую требовательную в сексуальном отношении женщину.

Наряду с характером толчков, большое значение имеет и их глубина. У древних китайцев глубины влагалища имели восемь названий, одноименных долин: «Струна лютни" (приблизительная глубина составляет один дюйм, т. е. 2,54 см); «Зубцы водяного каштана» (5,8 см); «Маленький ручей» (7,62 см); «Черная жемчужина» (10,2 см); «Долина» (12,7 см); «Глубокая камера» (15,24 см); «Внутренняя дверь» (17,6 см); «Северный полюс" (20,3 см). При этом нужно учитывать, что каждый удар обязательно должен соотноситься с дыханием. Пожалуй, нелишним будет предостеречь о нежелательных результатах при неправильном подходе к вопросу: если мужчина будет совершать только мелкие толчки, то и он, и его партнерша могут так и не получить удовольствия; если же движения, наоборот, будут слишком глубоки, то они могут причинить женщине боль.

Ни для кого не секрет, что большинство мужчин иногда страдает от временной импотенции, при которой явно ощущается желание заниматься любовью, но плоть на него не реагирует (как говорится, Ю Хен не встает). Из «Секретов нефритовой шкатулки» явствует, что даже император Чжань Ди сталкивался с подобной проблемой.

Для избавления от импотенции, согласно «Дао любви», каждый мужчина должен предпринять несколько действий, что подразумевает изучение эрогенных зон женщины, приведение в порядок всех органов чувств, выделение пяти прекрасных качеств партнерши, а также питье слюны партнерши (тогда его семя и ее дыхание будут в полной гармонии).

В Древнем Китае потенция считалась одним из самых важных мужских качеств. Поэтому совет Су Ню как нельзя кстати, т. к. он намного действеннее всех средств современной медицины, психологии и психиатрии. Но в чем, собственно, его преимущество? А в том, что он откровенно ободряет и заставляет поверить в реальность наступления эрекции. Хотя Су Ню всего лишь советует расслабиться, насладиться собой и не испытывать опасений по поводу наличия или отсутствия эрекции, сосредотачивая все свое внимание на эротической стимуляции партнерши.

При правильном подходе к «Дао» любой может справиться с проблемой импотенции без особых затруднений, но для этого нужно принять и использовать совет Су Ню: забыть о своей эрекции и сосредоточиться на теле любимой, ее красоте и обаянии. Поступая согласно данному принципу, мужчина в конце концов поверит в свою способность удовлетворить ее так полно, как только возможно без использования полового члена.

К сожалению, многие европейцы просто не имеют понятия, что удовольствие в сексуальном плане можно давать и получать не только через непосредственное проникновение, но и многими другими путями, например с помощью рук, губ и языка. При этом чувственное наслаждение принесут не только внешние данные партнерши, но и ощущение запаха ее кожи, секреций. Используя ласки эрогенных зон, вы сможете довести ее до настоящего экстаза. Так, поцелуи и ласки спины, позвоночного столба, осторожное посасывание сосков до их отвердения, поцелуи наружных органов и щекотание клитора при помощи языка с проникновением внутрь доведут ее до такого состояния, что она будет «затоплена» своей смазкой. В этом случае ее возбуждение, несомненно, передастся и вам, вызвав долгожданную эрекцию. Но даже если такого и не произойдет, расстраиваться не нужно: проблему можно легко разрешить, использовав китайскую технику, называемую методом мягкого ввода.

А теперь о том, что из себя представляет данный способ. Далеко не всем известен тот факт, что мужчина вполне может вставить свой член во влагалище партнерши без эрекции, при небольшой помощи своих пальцев. Если он обладает некоторым опытом и имеет ловкие руки, то сможет произвести полноценное соитие даже при совершенно вялом фаллосе. Вводя его в партнершу, он доставит небывалое удовольствие не только ей, но и себе.

> Изучая тантру «Дао любви», поступайте в соответствии с изложенными пожеланиями, отбрасывая то, что не подходит в вашей ситуации, и используя то, что более всего помогает. Одним словом, действуйте методом проб и ошибок. Как говорится, на ошибках учатся. И помните: практика, практика и еще раз практика..

В том случае, если мягкий ввод производится по всем правилам «Дао», он может стать даже новым возбуждающим опытом, сексуальным открытием для женщины. При этом есть немалая вероятность, что, как только пенис окажется внутри влагалища, он станет тугим и твердым.

Однако, перед тем как рассказать вам непосредственно о данном методе, необходимо отметить, что в сексе нет строгих правил относительно того, что и как нужно делать. Здесь каждый должен выработать в себе гибкость и своеобразное чутье, позволяющее производить все действия в соответствии с различными ситуациями. В таком отношении гибкость имеет не только общий смысл, но и является одним из основных принципов «Дао любви».

А теперь несколько слов о том, как правильно произвести мягкий ввод. Для начала нужно сказать, что самыми оптимальными позами для подобного соития являются некоторые из вариантов «на боку» («лицом к лицу») или «мужчина сверху». Пара должна наслаждаться ласками друг друга до тех пор, пока данный процесс будет приносить им чувственное удовольствие. Запомните, никогда не следует торопиться и предпринимать попытку ввода, пока женщина полностью не возбудится и из ее влагалища не выделится достаточное количество смазочной жидкости. В том случае, если этого не произойдет даже спустя продолжительное время, можно воспользоваться искусственной смазкой на основе растительного масла. Она вырабатывается из натуральных компонентов и является достаточно безопасной и эффективной. Однако принимать соответствующее решение нужно только в крайнем случае.

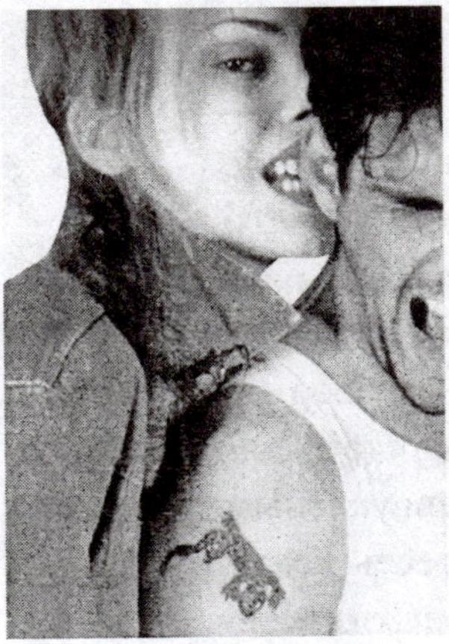

Может статься, что партнерша воспротивится тому, чтобы самой использовать смазку, тогда мужчина должен применить ее на себе. Для этого нужно всего лишь растереть состав на кончике и стволе пениса. Не волнуйтесь, эффект будет таким же, как если бы смазку применила женщина.

Как уже говорилось, в технике мягкого ввода первостепенное значение имеет ловкость пальцев мужчины, с помощью которых он помогает пенису попасть во влагалище. Как только потребуется произвести ввод, мужчина должен сложить пальцы таким образом, чтобы на основании пениса получилось некое подобие кольца. Это необходимо для того, чтобы его верхняя часть стала хотя бы немного жесткой; в противном случае будет невозможно производить толчки. Давление пальцев работает по тому же принципу, что и резиновое кольцо, надетое на корень пениса. Однако давление пальцев, несомненно, лучше любого искусственного кольца. Во-первых, мужчина может сам регулировать сжатие; во-вторых, он может при необходимости в любое время убрать пальцы или же воспользоваться их помощью; и в-третьих, в отличие от резинового кольца пальцы не могут поранить партнершу. При выполнении всех описанных действий не исключено, что большинство мужчин ощутит появле-

Техника мягкого ввода пригодна как для опытных любовников, так и для новичков. Начинающему она гарантирует минимальный риск смущения, опытному — значительно снижает процент поражений. И хотя существует мнение, что владение данной техникой необходимо только мужчинам с соответствующими проблемами, это далеко не так. Никто не может быть полностью уверен в своей эрекции.

ние эрекции. Метод мягкого ввода, который, в сущности, является составной частью «Дао любви», гарантирует проведение полового акта независимо от наличия или отсутствия эрекции. Однако не бывает правил без исключений, данная техника тоже не может дать 100%-ную гарантию, если, конечно, мужчина не стал профессионалом в «Дао». А настоящий ас секса всегда помнит о том, что данный метод сработает только при условии нормального состояния мужчины, как физического, так и эмоционального, а также если он не голоден и не истощен.

С глубокой древности представители сильного пола всегда беспокоились о форме и размере своих половых органов; подобное присуще всем без исключения. Мало кто знает, что не форма и размер важны для женщины. Нет, ее больше интересует чувственность партнера, его умение доставлять ей наслаждение. Древние китайцы отлично знали это, что видно из диалога между императором Чжан Ди и его советницей по «Дао» Су Ню. Последняя говорит, что если мужчина и женщина симпатизируют друг другу, то их гармония сама по себе может сделать короткие и маленькие фаллосы длиннее и больше, а слабые и мягкие тверже и сильнее. Она настаивает на том, что при правильном понимании и следовании «Дао» фаллос не ослабнет даже в том случае, если мужчина за одну ночь будет иметь несколько партнерш по сексу. Раз он научился равномерно использовать свое семя и знает, как его ян питается энергией инь, то его жизнь будет долгой и счастливой. В настоящее время повсеместно распространен культ долголетия и молодости. Данный вопрос занимал и китайцев. Несомненно, все хотят быть вечно молодыми и, разумеется, красивыми. Но, что самое интересное, в отличие от других практикующие «Дао» могут достичь этого без больших усилий.

Здесь необходимо привести слова известного адепта «Дао» IV века Пау Цу Дзуна (Го Хуна): «Наилучшие медицинские средства и поддержка всего мира не смогут помочь вам, если вы не знаете и не доверяете „Дао любви“. Эти слова подтверждают, что даосы знали о непосредственной связи любви и секса с естественными науками. Ни для кого не секрет, что половые органы, как и любые другие, не могут долго оставаться без работы. Только тогда они будут сильными и здоровыми. Кроме того, наукой было установлено, что некоторые гормоны находятся в очень тесной связи с процессами старения, а половой аппарат включает железы, ответственные за производство этих гормонов. Поэтому никто из пожилых людей, сохранивших способность чувствовать, не является старым для любви. А это дает им еще одно преимущество — чувство собственной значимости, которого так не хватает и в более молодом воз-

«Дао любви» запрещает применять специальные лекарства с целью усиления огня страсти, так как в результате мужчина может получить совершенно противоположный эффект: — его ян-сущность истощится гораздо быстрее и он уже не сможет получать радости жизни.

расте. Бытует мнение, что жажда сексуального удовольствия с возрастом исчезает. На самом же деле такое утверждение — очередной миф. У некоторых людей, действительно, имеет место некоторое сексуального влечения, но это отнюдь не закономерность.

Современными исследователями было установлено, что чем раньше человек начинает половую жизнь, тем дольше он ею живет. То же можно сказать и по поводу сексуальной активности. Однако до сих пор неясно, почему вполне здоровые мужчины и женщины не могут продолжать занятия любовью всю свою жизнь. Считается, что причина того кроется не в физиологии, а в психологии, общественной морали и т. д.

А вот что действительно заметно ослабляется в пожилом возрасте, так это мужской позыв к эякуляции. Многими женщинами невозможность выброса семени воспринимается как потеря квалификации и половой силы. Они-то остаются неудовлетворенными! Мужчины, которых партнерши силой заставляют проявлять сексуальность, тогда как у них на это просто нет сил, могли бы вспомнить старую как мир пословицу: «Женщины после тридцати подобны волчицам. Женщины после сорока подобны тигри-

Мастурбация приводит к потери мужской сущности, к тому же здесь нет гармонии между ян и инь, а следовательно, она не только бесполезна для пожилых мужчин, но и вредна и может привести к самым печальным последствиям! И древние китайцы знали об этом. Они были убеждены, что если престарелый мужчина будет избегать семяизвержения, то он сохранит за собой репутацию хорошего любовника.

цам». Но, если разобраться, такое сравнение говорит скорее об истощении мужчины, нежели о патологическом сексуальном аппетите женщины. Что же делают в данном случае многие представители мужского пола? Они либо совсем отказываются от половой жизни, либо заменяют ее мастурбацией.

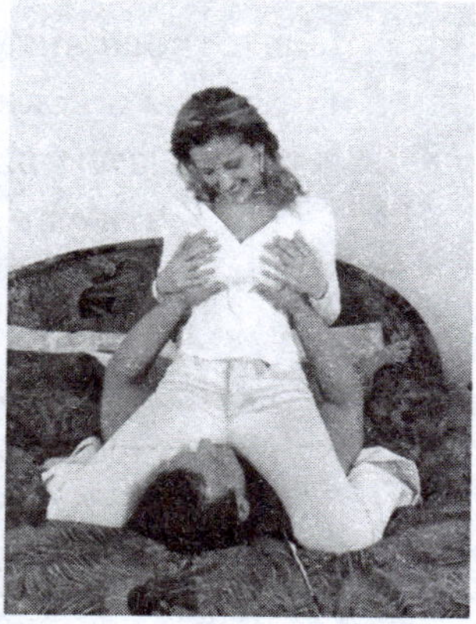

В тантре «Дао любви» содержится немало интересных рассказов о долголетии, хотя не исключено, что в некоторых из них имеет место преувеличение. Но кто знает, возможно, раньше некоторые и доживали до 150 лет, ведь и в настоящее время встречаются долгожители, прожившие сто и более лет. Однако нужно помнить, что древние даосы отличались не только завидным долголетием, но и здоровьем, чего вовсе нельзя сказать о теперешних долгожителях.

Уже не раз упоминавшаяся Су Ню подобное явление объясняет следующим образом: она утверждает, что в большинстве случаев люди умирают молодыми потому, что не знают «Дао», а следовательно, неправильно расходуют свое семя, которое является источником их жизни. Как видите, все опять же упирается в необходимость контроля эякуляции.

Последователи «Дао» уверены, что в обществе, практикующем путь любви, возраст не сопровождается старческой немощью. Объясняется это соответствующими правилами, согласно которым совершенно не подходящие по возрасту супруги прекрасно живут вместе и не испытывают какой-либо неудовлетворенности в отношениях. И если сейчас пределом сексуальной жизни для европейцев считается возраст после шестидесяти, то китайцы вполне могут прожить еще лет 30–40, оставаясь при этом здоровыми и полными сил.

Большое значение в «Дао» придается и развитию чувств, или чувственности. В частности, это относится к обонянию и осязанию, которые имеют в любви первостепенное значение, вот только знают о том немногие. А ведь именно аромат волос, кожи, рта и гениталий привлекает к человеку сексуального партнера. Конечно, не исключено, что некоторым неприятен резкий естественный запах мужского семени или женской смазки, но в большинстве случаев любящие друг друга положительно воспринимают подобные ароматы.

> Довольно интересен тот факт, что многие древние тантры по «Дао любви» рекомендуют людям вступать в брак с партнером, неравным по возрасту. Якобы такой союз способствует продлению жизни и появлению здорового потомства.

Вышесказанное относится и к осязанию. Во времена королевы Виктории имела место любовь в одежде, т. е. как такового контакта двух тел не происходило (за исключением гениталий). В настоящее время некоторые пары также предпочитают ложиться в постель в одежде и ограничиваться только половым актом, совершенно игнорируя чувства. А ведь осязание — важнейший элемент достижения полного и всеобъемлющего удовлетворения, в котором первостепенное значение имеют не столько половые органы, как другие части тела. Тантры «Дао» по этому поводу предлагают следующее.

1. При любовном контакте партнеры не должны прекращать осязать друг друга руками до тех пор, пока их не сморит сон.

2. Так как клитор и грудь женщины наиболее чувствительны к прикосновениям, партнер не должен касаться их сразу. Лучше всего, если он будет двигаться сверху вниз. Сначала рекомендуется ласкать женщине руки и осыпать ее поцелуями, а потом уже переходить к другим эрогенным зонам — таким, как позвоночный столб, внутренняя сторона бедер, ягодицы, уши, затылок, талия, живот, а потом уже промежность.

3. Что касается мужчин, то у них наиболее чувствительны: фаллос, внутренняя часть уха, грудная клетка, соски и внутренняя поверхность бедер.

4. Одним из секретов достижения удовлетворения являются ласки тела от головы до пальцев рук и ног, при этом осязательные движения не должны отличаться статичностью. Огромное наслаждение партнеру доставит скольжение рук партнерши по всему телу, а также ее ответные действия на его любовные порывы.

5. В начале занятий любовью в первую очередь женщина должна сосредоточиться на ласках и осязании всего тела мужчины, а стимуляцию фаллоса оставить на десерт. Однако это

не распространяется на женщин, которые возбуждаются только от прикосновения к эрегированной мужской плоти, и на те случаи, когда возраст партнера не позволяет ему достигать быстрой эрекции.

Необходимо отметить, что пожилые и молодые мужчины реагируют на эти действия по-разному. Если фаллос юноши очень чувствителен и быстро эякулирует (прикасаться к нему нужно легкими движениями вдоль всей линии, немного надавливая на его корень и почти не касаясь головки), то член пожилого мужчины нуждается в более жестком обращении. В таком случае, для того чтобы добиться эрекции, партнерша должна взять его в обе руки и заняться активной стимуляцией (при желании можно использовать рот и язык). Однако необходимо помнить о том, что чрезмерное усердие может вызвать раздражение. Партнерше также нужно сосредоточиться на ласках полового члена и яичках. Неопытные женщины не понимают всей важности ласк мошонки, а это, между прочим, одна из самых чувствительных эрогенных зон. Но и здесь нельзя усердствовать! Самым лучшим вариантом является заключение мошонки в руки, сложенные чашечкой, с одновременным стимулированием ее и корня пениса при помощи кончиков пальцев. Нажатия должны быть максимально нежными и прият-

Если вы хотите доставить партнеру максимальное наслаждение, обязательно показывайте ему или ей свое одобрение и удовлетворение. Звуки страсти как наркотик, который уводит обоих в мир сладких грез.

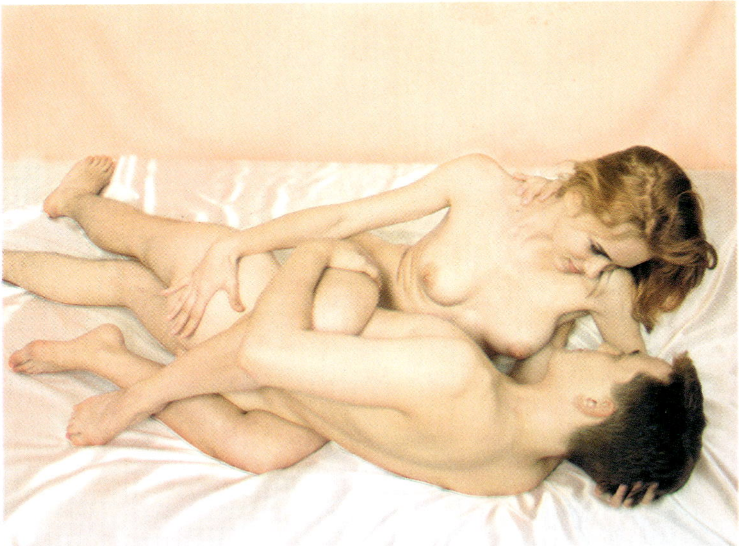

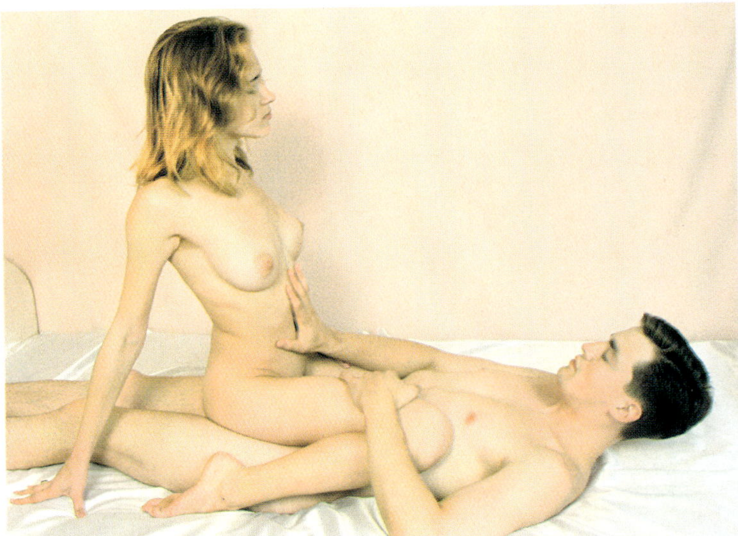

ными, а то, как вы сами понимаете, все ваши старания максимально удовлетворить партнера приведут к обратному результату.

6. Мужчины, так же как и женщины, должны внимательно следить за состоянием своих рук, за тем, чтобы они были всегда ухоженными. Согласитесь, мало кому понравится, чтобы его ласкали грязными и шершавыми руками. Кроме того, это негигиенично.

Помимо тренировки осязания, любовникам необходимо научиться общению друг с другом. В большинстве случаев, занимаясь любовью, партнеры слушают не столько то, что им говорят, сколько то, как им это говорят. Следовательно, не нужно преуменьшать значение голоса, т. к. этот правильно настроенный инструмент способен творить настоящие чудеса. Поэтому стремитесь выработать эротический голос, и тогда ваши сексуальные отношения заметно преобразятся в лучшую сторону.

Вот несколько моментов, которые вы также должны учитывать при занятиях любовью: во-первых, полная тишина может оттолкнуть партнера: кому приятно любить манекен? Во-вторых, никогда не произносите в постели грубые или негативные слова и звуки (это же относится и к проявлению отрицательных эмоций, если, конечно, они не вызваны бестактностью партнера); в-третьих, ни в коем случае не прибегайте к критике, в некоторых случаях постоянные замечания способны погасить высокое чувство любви, к тому же занятия сексом — не самый подходящий момент для выяснения отношений. И в-четвертых, не забывайте о том, что искренняя похвала, высказанная нежным, эротичным голосом, способна творить чудеса даже с самыми безнадежными партнерами.

Собираясь изучать «Дао любви», не скрывайте своего желания от второй половины — это может вызвать непонимание по поводу многих действий, например эякуляции. Так, женщина, не знающая о «Дао», скорее всего будет раздражена и испугана тем, что ее партнер не эякулирует; она будет думать, что не может его удовлетворить. Поэтому женщина, так же как и мужчина, должна уяснить для себя, что эякуляция и оргазм не одно и то же.

Полное удовлетворение приходит в результате постоянных тренировок и накапливаемого опыта. В соответствии с учением древних даосов, да и с исследованиями современной медицины, заниматься любовью необходимо постоянно и спокойно. Тот, кто хочет быстро и максимально полно овладеть секретами «Дао любви», должен особо внимательно отнестись к этому совету.

Как уже было сказано выше, древние даосы трактовали эякуляцию как мгновенный удар молнии или взрыв запасенной энергии. Но если занятия любовью происходят регулярно, то сексуальная энергия мужчины находится в гармонии, а его потребность в эякуляции заметно сокращается. Сексуальное общение должно быть подобно хорошему обеду. Если говорить языком кулинарии, то каждое сексуальное блюдо должно быть само по себе законченным и в то же время возбуждать аппетит для следующего, пока оба партнера не достигнут желаемого.

Виртуальный секс

Несмотря на то что в настоящее время миром правят компьютерные технологии, до сих пор встречаются такие индивидуумы, которые понятия не имеют о том, что есть виртуальный секс и что он из себя представляет. Но учиться никогда не поздно и лучше поздно, чем никогда.

Понятие виртуального секса можно расшифровать как секс посредством воображения, дополняемого звуками, запахами, ощущениями и представлениями, создающимися благодаря очень широкому кругу явлений: от компьютерных эротических игр и интернетовских порносайтов до соответствующей телефонной службы, специальных эмуляторов и костюмов. На Западе данный вид секса достаточно развит, что связано со многими причинами. Нужно сказать, что и в России он также приобрел колоссальную популярность, хотя и не является общедоступным. Однако необходимо отметить, что одной из самых популярных и востребованных разновидностей виртуального секса является секс по телефону.

А теперь немного истории. Вы, вероятно, будете несколько удивлены, если узнаете, что, хотя слово «виртуальный» новое, таким видом секса люди занимались задолго до того, как был изобретен компьютер, что произошло сравнительно недавно, или телефон. Более чем две тысячи лет назад Иисус Христос изрек следующее: «Вы слышали, что сказано древним: «не прелюбодействуй». А Я говорю вам, что всякий, кто смотрит на женщину с вожделением, уже прелюбодействовал с нею в сердце своем» (Новый Завет, Евангелие от Матфея, 5 : 27-28).

В настоящее время отмечен стремительный рост виртуального эротизма, который в один прекрасный момент может потеснить и традиционные формы секса. Такое положение вещей можно объяснить тем фактом, что вовлеченность человека и его психоэнергетики несоизмеримо больше в компьютерной суперактивной среде, чем при пассивном созерцании эротических образов.

А чем это не виртуальный секс? Здесь есть все необходимые условия: сексуальный объект, при необходимости — звук голоса, запах тела и... реальное удовлетворение, достигаемое посредством фантазии. Таким образом, получается, что, занимаясь виртуальным сексом (или, говоря языком Библии, прелюбодействуя), можно оставаться для всех вполне добропорядочным гражданином, который не бегает за чужими женщинами (в физическом смысле), а остается верен своей жене.

На первый взгляд все просто и нормально. Однако, с Божественной точки зрения, подобное все же является грехом, наказанием за который должна быть смерть, т. к., читая соответствующие книги, смотря эротические фильмы, обращаясь в специализированную телефонную службу или путешествуя по Internet, человек прелюбодействует. Если вы придерживаетесь того же мнения, то дальнейшее явно не для вас, но если же вас интересует данная тема и вы хотели бы побольше о ней узнать — можете читать дальше. Изучив книгу до конца, вы, возможно, поймете причину неприятия Иисусом виртуального прелюбодеяния.

> Для того чтобы испытать настоящий мощный оргазм, необходимо накопить некоторое критическое количество праны. Если энергетические структуры партнеров негерметичны или же один из них только вбирает энергию, не выпуская ее наружу, такое состояние становится невозможным.

Итак, продолжаем. В древности к виртуальному сексу можно отнести такие явления, как эротические фантазии, сны, пользование порнографической литературой (вспомните хотя бы произведения маркиза де Сада или лубочные картинки), разнообразные формы стриптиза, например танцы наложниц и наложников перед фараоном, султаном, царем и его подданными. Прежде всего остановимся на психоэнергетике обычного сексуального контакта. Древнее тантрическое искусство несет в себе глубочайшие знания о свойствах и закономерностях проявления всех видов энергий нашего мира. Чтобы вам было понятнее, о чем пойдет речь, мы будем говорить очень упрощенно.

В тантризме сексуальное общение рассматривается прежде всего как психоэнергетический процесс, при котором происходит сложнейшее взаимодействие двух энергий: мужской и женской. Это можно сравнить с химическим процессом, где в итоге многих промежуточных операций получается требуемый результат, с мистическим переживанием, когда оба партнера омываются фантастическими потоками космической энергии. Именно выход на уровень энергий Вселенной и является одной из основных задач тантрической практики. Индивидуальные энергии партнеров используются в качестве пускового механизма, оживляющего более мощные пранические процессы. Образно их можно назвать людьми, использующими спички для разжигания большого согревающего костра, в отличие от людей, довольствующихся маленьким огнем от спички.

Имея дело с виртуальным партнером, человек получает зрительный, звуковой и даже тактильный образ, но астральное тело, а значит, и комплиментарная энергия отсутствуют. В более опасном случае в качестве тонкоматериальной оболочки виртуального партнера может выступать одна из потусторонних сущностей, характеризующаяся паразитической натурой, например инкубы и суккубы приходящие к героям в снах и видениях.

Главной действующей силой превращений является жизненная энергия, или прана. Будучи силой, противодействующей нарастанию хаоса, прана служит своеобразным горючим для всего, связанного с созиданием, творчеством, омоложением, регенерацией; она может существовать в самых разнообразных формах, для описания которых с глубокой древности используется система представлений о двух полярностях (мужской и женской), пяти первоэлементах и т. д. Именно за счет взаимодействия разновидностей жизненной энергии, их последовательных превращений в энергетических центрах партнеров и осуществляется тантрическая практика. Ну а что касается смысла этих превращений, то он определяется локальными задачами.

В процессе тантрического взаимодействия тонкие (астральные) тела партнеров становятся единым целым. В этом плане очень важным является открытость партнеров друг другу и герметичность системы их астральных тел. Проще говоря, энергия должна свободно перемещаться между их телами. Если же кто-то один начнет только поглощать энергию, не выпуская ее наружу, взаимодействие будет нарушено и никакого мистического переживания не получится. Однако здесь есть одно но: если структуры тонкого тела (чакры и каналы) не тренированы, они не в состоянии выдержать высокие давления пранических энергий, возникающих при превращениях. А это ведет к потере энергии и выбросу ее наружу, в результате не достигаются критические условия, необходимые для трансформации, что происходит при обычном оргазме. Поэтому-то тантра и отрицает его.

Беда современного общества в том, что в большинстве случаев оба вышеприведенных условия достижения оргазма не соблюдаются, что говорит о вреде эмансипации и потребительского отношения к жизни. С одной стороны, ориентируясь только на собственное удовольствие, партнеры подсознательно стремятся забрать как можно больше праны себе и не выпустить ее обратно. А это приводит к тому, что акт любви превращается в поединок, где идет борьба за количество жизненной энергии. С другой же стороны, эксплуатация сексуальной символики в рекламе, порнопродукция способствуют выбросу сексуальной энергии малыми порциями, что делает астральное тело проницаемым.

> К сожалению, создатели виртуальных систем не принимают во внимание наличие жизненной энергии, и она тут же захватывается тонкоматериальными сущностями, в результате чего возникают враждебные человеку компьютерные демоны. Именно в этом кроется причина того, почему за много столетий до изобретения современной техники Иисус Христос говорил об огромной пагубности данного явления.

Похожим способом действует и очень расхожее представление, что любую физиологическую потребность нужно удовлетворять, не отходя от кассы. Поэтому-то вместо необходимого контроля над животными инстинктами популяризируется культ потребления. А ведь, с точки зрения тантризма, неудовлетворенное желание представляет собой психическую энергию.

Итак, способность контролировать телесные желания и страсти, подавлять их усилием воли — это ценная возможность накапливать, концентрировать огромное количество праны. Очень часто неудовлетворенность создают искусственно, например путем длительного голодания или обездвиживания. Тогда накопившаяся энергия неудовлетворенности трансформируется в полезную разновидность праны и используется для духовного роста и пробуждения сверхспособностей. Однако человеку, воспитанному в современном обществе, все это понять очень трудно, не говоря уже о том, чтобы попробовать на практике. А все потому, что с самого раннего детства его психоэнергетика моментально сбрасывала любые появляющиеся энергетические напряжения. Отсюда неспособность испытывать сильные эмоции, настоящее наслаждение, мощный оргазм. Что же касается нашего вопроса, то, по тантрическим понятиям, виртуальный секс действует как мощная сила, во много раз усиливающая все вышеперечисленные отрицательные факторы.

При занятиях виртуальным сексом тантрических превращений энергий не происходит. Наоборот, здесь можно наблюдать либо выброс энергии в окружающее пространство, при котором происходит избавление от сексуального напряжения, либо воровство праны тонкоматериальной сущностью-паразитом, пристроившейся к виртуальной паре, что в обоих случаях вместо желанного подключения к праническим потокам Вселенной ведет к опустошению астрального тела. Человек испытывает всего лишь легкую эйфорию и не замечает, что с ним происходит что-то не так. Наоборот, ему кажется, что все в порядке.

Тот, кому приходилось иметь дело с виртуальным сексом, мог заметить, что у некоторых, а может и у него самого, возникало нечто сродни наркотической зависимости по отношению к виртуальному оргазму. С точки зрения тантризма, данный факт как раз и объясняется негативным воздействием сущности-паразита, деятельность которой приводит к энергетическому опустошению, упадку жизненных сил, деградации иммунной системы. Проще говоря, в этом виде секса нет обмена пранами, а вся структура энергетического сексуального взаимодействия находится в процессе разрушения.

Вы увидели, как данная проблема решается тантризмом. А как обстоит дело с точки зрения обыкновенного человека? Безусловно, он в большинстве случаев относится к этому положительно, считая своеобразной изюминкой, иначе данной разновидности секса не было бы и в помине. И действительно, все газеты и журналы пестрят объявлениями о сексе по телефону (как уже говорилось, эта один из вариантовразновидностей виртуального секса).

ГЛАВА 6

Сексуальные причуды великих

Не удивляйтесь названию главы, ведь великие мира сего — те же люди со своими привычками и пристрастиями. Вот мы и предлагаем вам узнать, что творилось в их альковах, когда позади оставались официальные приемы и торжественные обеды.

Адольф Гитлер

О сексуальной жизни Гитлера известно немного. Однако большинство исследователей склоняются к мнению, что самая продолжительная интимная связь Гитлера — с Евой Браун — удовлетворяла только его физические потребности.

Ева была моложе Гитлера на двадцать три года и стала его любовницей в 1932 году. Женщина недалекого ума, она обладала великолепно сложенным телом, но недостаток все же дал о себе знать: у нее оказалось слишком маленькое влагалище для нормального секса. Ева согласилась на болезненную операцию, после которой прошла курс длительного лечения.

Больше всего Гитлер любил фотографировать Еву обнаженной, собственноручно раздевая ее для этой цели. Ягодицы женщины, как правило, оказывались в кадре чаще всего.

29 апреля 1945 года в берлинском бункере состоялось бракосочетание Евы Браун и Адольфа Гитлера, а на следующий день любовники покончили жизнь самоубийством.

Кроме Евы, у Гитлера были и другие женщины, но их судьба весьма трагична: после сексуальных контактов с фюрером все они либо погибали в застенках гестапо, либо накладывали на себя руки.

Аджеле (Джели) Раубал, двадцатиоднолетней дочери единокровной сестры Гитлера, по всей видимости, суждено было стать единственной любовью Гитлера. Сорокалетний дядя, выступив в роли опекуна Джели, поселил ее в соседних со своими апартаментах и приставил к их двери охрану. Девушка, польщенная вниманием Гитлера, вскоре уступила ему, став его любовницей. Однако вскоре ее постигло глубокое разочарование: сносить садомазохистские извращения Гитлера оказалось выше ее сил. В качестве компенсации она соблазнила личного шофера Гитлера — Эмиля Мориса — и вступила в сексуальную связь со стражами, охранявшими ее спальню. В 1931 году Джели, давно уже бывшая несколько не в себе (в плане психического состояния), застрелилась из личного «вальтера» Гитлера.

В середине 30-х годов Гитлер обратил внимание на восходящую звезду немецкого кинематографа, двадцатилетнюю Ренату Мюллер. Не соблазнившись предложениями фюрера, больше похожими на приказы, она (по официальной версии) покончила жизнь самоубийством, выбросившись из окна своей квартиры в Берлине.

После смерти своей единственной любви Адольф Гитлер долгое время оставался безутешным, находясь под непристанным присмотром врачей, опасавшихся за его рассудок и жизнь.

Казалось, смерть неотступно преследует любовниц Гитлера. Так, в 1939 году пыталась застрелиться англичанка Юнити Митфорд. Будучи полностью парализованной из-за застрявшей в голове пули и крайне редко приходя в сознание, она тем не менее прожила еще девять лет. Сюзи Липтауэр повесилась после ночного свидания с Гитлером. Мария (Мими) Рейтер также хотела покинуть этот бренный мир, но по стечению обстоятельств осталась жива.

Виктор Гюго

Виктор Гюго вошел в мировую историю не только как литературный гений, но и как необычайно противоречивая, эгоцентричная личность. В подтверждение можно привести несколько достоверных фактов его биографии. На стенах своего дома, например, великий писатель начертал: «Я — Гюго». Нажив огромное состояние, Гюго перед смертью велел похоронить себя в одном из бесплатно выдаваемых нищим гробов. Спал этот необыкновенный человек, как правило, не больше четырех часов в сутки, а писал свои произведения стоя.

Гюго впервые вкусил запретный плод в двадцать лет, вступив в брак с молоденькой Адель Фуше и в первую же ночь совершив с ней девять половых актов. Восемь лет совместной жизни с неутомимым мужем и пять чрезвычайно сложных беременностей настолько измотали Адель, что она сочла нужным прекратить всякие сексуальные отношения с Виктором.

> Не прекращая отношений с постоянной партнершей, Жюльетт, Гюго тем не менее мог с утра заниматься сексом с проституткой, с какой-нибудь актрисой — перед обедом и т. д. Ночи же он предпочитал проводить в объятиях Жюльетт, несомненно горячо им любимой.

Вскоре после этого женщина, жаждавшая чистой платонической любви, сошлась с другом Гюго — литературным критиком Сент-Бёвом. Гюго, оскорбленный поведением своей жены, едва не вызвал Сент-Бёва на дуэль. Одиннадцатилетний брак Гюго с Аделью распался, и Виктор, немного погоревав, вступил в связь с красивой и опытной в альковных делах актрисой Жюльетт Друэ.

Нельзя сказать, что Гюго отличался разборчивостью в женщинах: в основном ему нравились умные и страстные, но не отказывался он и от не обладавших такими качествами. Жюльетт, надо отдать ей должное, терпеливо переносила измены своего любовника, не порывая с ним. С возрастом ее красота стала заметно увядать, и в 1844 году место фаворитки Гюго заняла молодая дворянка Леони Д'Оне. Однако их бурный роман длился недолго: Леони и Виктор были пойманы с поличным полицейским, нанятым господином Д'Оне для слежки за женой. Расплачиваться за совершенное преступление пришлось Леони, которую заточили в тюрьму. Гюго же, благодаря его принадлежности к сословию пэров, удалось избежать наказания.

После освобождения Леони Гюго поделил себя между ней и Жюльетт. Через некоторое время Леони оставила этот любовный треугольник, а Жюльетт вновь заняла главное место в сердце Виктора. Все же Гюго не изменил своим привычкам, уделяя много времени случайным сексуальным партнершам. По подсчетам самой Жюльетт, Гюго за два года вступал в половые контакты по меньшей мере с 200 сексуальными партнершами. В семидесятилетнем возрасте Гюго сумел соблазнить двадцатидвухлетнюю дочь известного писателя Теофиля Готье и, кроме того, тайно поддерживал связь с Сарой Бернар.

Отдавая дань справедливости, заметим, что на протяжении всей любовной связи Гюго с Жюльетт он считал ее истинной женой. Их интимные отношения длились более пятидесяти лет и закончились смертью Жюльетт в возрасте семидесяти семи лет.

При жизни Гюго современников будоражили слухи о его связи с собственной дочерью Леопольдиной, однако убедительных доказа-

На протяжении последних двух лет своей жизни Гюго продолжал оставаться сексуально активным. В его дневнике обнаружена интересная запись, свидетельствующая, что восьмидесятитрехлетний Гюго за последние четыре месяца до смерти восемь раз вступал в интимные контакты.

тельств этому так никому и не удалось представить. Гюго обожал окружать свою персону тайной: даже любовниц он приводил в дом через какие-то известные ему одному ходы и занимался с ними сексом в заброшенных, отдаленных комнатах.

Екатерина II

В шестнадцать лет немецкая принцесса Софья Фредерика Августа Ангальт-Цербстская, среди домашних известная как Фике, была выдана замуж за своего семнадцатилетнего родственника Петра, племянника и наследника Елизаветы, правящей императрицы России. При крещении Фике получила имя Екатерина.

Брак не оправдал надежд Екатерины, мечтавшей, наверное, как и все девушки, о прекрасном молодом человеке, любившем бы ее. Пётр, страдавший психическим расстройством и импотенцией, конечно же, не смог пробудить в ней никаких чувств. Плоть же и душа Екатерины взывали к удовлетворению. По ночам она часто занималась мастурбацией, зажав между ног подушку. В двадцать три года Фике все еще оставалась девственницей. Внимание Екатерины привлек молодой русский дворянин Сергей Салтыков, и однажды ночью на острове в Балтийском море ее фрейлина оставила их наедине, повинуясь указанию своей госпожи. Салтыков, уже успевший к тому времени снискать известную славу на любовном поприще, пообещал принцессе огромное наслаждение, и она действительно не осталась разочарованной: наконец-то женщина могла дать волю своей сексуальности. Вскоре у Екатерины было уже двое детей, отцом которых, естественно, считался Пётр (импотенцию его излечили при помощи операции, но вступал ли он в половые контакты с женой, неизвестно).

Еще трое детей у Екатерины родилось от Григория Орлова, занявшего место Салтыкова. Пышные юбки и кружева каждый раз с успехом скрывали округлившийся живот женщины. Во время первых родов верные слуги Екатерины устроили недалеко от дворца большой пожар, дабы отвлечь падкого на подобные зрелища Петра. Остальные двое детей появились на свет уже после восшествия Екатерины на престол и воспитывались в домах ее слуг и фрейлин.

Императрица не пожелала выйти замуж за фаворита, он же в ответ превратил ее двор в свой гарем. Екатерина тем не менее хранила

Орлову верность в течение четырнадцати лет, окончательно порвав с ним только тогда, когда он соблазнил ее тринадцатилетнюю кузину.

В сорок три года императрица вступила в связь с тридцатипятилетним офицером кавалерии Григорием Потёмкиным. Их бурная страсть длилась около двух лет, а затем Потёмкин, которому уже надоела стареющая женщина, убедил ее в том, что она легко может менять своих фаворитов, и даже лично занялся подбором людей, обладавших необходимыми для такого дела качествами.

Все мужчины, с которыми Екатерина вступала в связь, сначала направлялись к одной из фрейлин. Если последняя оставалась удовлетворенной и признавала потенциального фаворита годным к «службе», то ему предоставлялись специальные апартаменты во дворце, находившиеся прямо над спальней императрицы, и должность главного адъютанта.

Созданная Потёмкиным система прекрасно функционировала до тех пор, пока Екатерине не исполнилось шестьдесят лет. Мужчина, на которого падал взор сластолюбивой императрицы, сначала направлялся к ее личному врачу. После осмотра, подтверждавшего, что кандидат в фавориты здоров, его познания по части секса проверялись одной из фрейлин Екатерины.

В 1789 году Екатерина со всей страстью увядающей женщины влюбилась в молодого красавца — двадцатидвухлетнего офицера императорской гвардии Платона Зубова, который и оставался фаворитом вплоть до ее смерти в 1796 году. В народе распространились слухи, что императрица скончалась при попытке войти в половой контакт с жеребцом, на самом же деле она умерла от инфаркта.

Ги де Мопассан

Два события, произошедшие в раннем детстве Мопассана, повлияли на всю его жизнь. Одним из них стал развод родителей, после чего Мопассан остался жить с матерью, нежно им любимой. Отца же мальчик ненавидел. Вторым событием был диагноз, поставленный писателю врачами: врожденный сифилис.

Литературная деятельность принесла Мопассану богатство, его сексуальность — славу выдающегося любовника. Сам писатель больше гордился подвигами на сексуальном поприще, нежели своими бессмертными произведениями.

Три качества Мопассана (способность к длительному половому акту, неоднократный оргазм и доведение до экстаза практически любой женщины) делали его особенно привлекательным в глазах представительниц слабого пола.

Рассказывая о детстве и юности, Мопассан замечал, что с двенадцати до пятнадцати лет он время от времени занимался онанизмом. В шестнадцать лет он впервые испытал радость сексуального контакта с женщиной, после чего желания мастурбировать уже не возникало. Впоследствии, став знаменитым, писатель имел огромное количество связей с молодыми состоятельными женщинами из высшего света, явно отдавая предпочтение при этом замужним дамам еврейской национальности.

Мопассан в кругу близких друзей часто говорил, что он нисколько не устает от своих сексуальных подвигов. Однажды у него даже вырвалась такая фраза: «После двух или трех раз я чувствую такую же усталость, как и, скажем, после двадцати раз. А у меня бывало и двадцать раз, и больше». Гюстав Флобер, наставник Мопассана, как-то позволил себе усомниться в том, что его ученик говорит правду. Тогда два великих писателя призвали в свидетели одного из знакомых и поехали в парижский публичный дом. В присутствии зрителей Мопассан шесть раз подряд провел половые акты с разными проститутками.

Мопассан не поддерживал длительных отношений с женщинами, бывшими с ним в сексуальной связи. Лишь одна из них, богатая и красивая Мари Канн, сумела привязать к себе неутомимого любовника на восемь лет. За это время Мопассан написал ей 2200 любовных писем. Еще один продолжительный роман был у писателя с Бланш Руавельт Мачетта, которая родилась в США, но вышла замуж за дворянина из Милана и стала маркизой. Позднее Бланш призналась, что получала огромное чувственное удовлетворение время ее встреч с Мопассаном.

Вацлав Нижинский

Нижинский промелькнул яркой звездой на небосклоне русского балета. Сначала он был солистом Мариинского театра в Санкт-Петербурге, а затем выступал в труппе «Русский балет» под руководством Дягилева. Нетрадиционный подход в постановке танцев и талант драматического актера прославили Нижинского как гениального хореографа и исполнителя.

Вацлав родился в семье танцоров в Киеве. Он очень рано начал танцевать и уже в трехлетнем возрасте отправился в турне вместе с труппой, в которой выступали его родители. В свои девять лет мальчик стал свидетелем семейной драмы: его отец променял жену и сына на любовницу. Мать Нижинского внушила ему мысль, что он должен совершенствоваться в балетном искусстве, поскольку нелегкий труд танцора мог принести ему признание огромного количества людей и деньги.

Дягилев, вступив в гомосексуальную связь с Нижинским, сумел полностью подчинить его волю и помыслы своим целям. Он жестко контролировал профессиональную и личную жизнь танцора, запрещая, в частности, Нижинскому спать с женщинами и мотивируя это тем, что такие контакты негативно отразятся на его выступлениях.

В 1907 году Нижинский окончил Императорское балетное училище в Санкт-Петербурге и был приглашен солистом в Мариинский театр. В 1908 году случай свел Вацлава с тридцатилетним князем Павлом Дмитриевичем Львовым, страстным поклонником балетного искусства. Львов приобщил невинного мальчика к «прелестям» гомосексуального контакта, но остался разочарованным из-за размера полового члена Нижинского. Несмотря на это, князь сохранил добрые отношения с Вацлавом и даже помог ему, устроив первую в жизни танцора встречу с проституткой. Через несколько месяцев тот же Львов познакомил Нижинского с Сергеем Дягилевым, бывшим старше Вацлава на тридцать лет и вдобавок «голубым», не скрывавшим своих наклонностей.

Находясь между молотом и наковальней, женой и бывшим любовником, Нижинский чувствовал себя глубоко несчастным человеком. Не имея возможности танцевать и будучи не в силах дать выход своим чувствам, в конце жизни он впал в состояние помешательства.

Дягилев был несомненным авторитетом для Нижинского не только на театральных подмостках, но и в быту. Приведем для примера такой случай. В 1909 году Вацлав в Венеции познакомился с Айседорой Дункан, которая при встрече заявила, что хочет родить от него ребенка. Нижинский, находившийся под влиянием своего наставника, ответил на предложение знаменитой балерины отказом. Дягилев неоднократно предлагал Нижинскому заняться с ним и еще с одним его любовником групповым сексом, однако заставить молодого танцора согласиться на оргию ему так и не удалось.

В двадцать три года Нижинский понял, что он уже достаточно взрослый человек, чтобы перестать быть одним из мальчиков Дягилева. Через некоторое время он объявил о своей помолвке с двадцатитрехлетней Ромолой де Пульски, дочерью венгерской актрисы Эмилии Маркус. Такому решению предшествовало несколько месяцев упорного преследования Ромолой Нижинского. Девушка даже занялась балетом, чтобы приблизиться к своему кумиру. Венгерские обычаи разрешали заниматься жениху и невесте сексом до свадьбы, однако застенчивость Нижинского в отношениях с женщинами и его желание сыграть настоящую католическую свадьбу сделали свое дело: первый половой контакт Ромолы и Вацлава состоялся только в брачную ночь. Дягилев же, узнав о помолвке своего подопечного, пришел в ярость и уволил его из «Русского балета».

Сохраняя какое-то время хорошие отношения с женой, Нижинский обзавелся еще одной, страстно в него влюбленной поклонницей, герцогиней Дюркал. Танцор с согласия Ромолы вступил в сексуальную связь с герцогиней, но позднее сожалел о своем опрометчивом поступке: «Мне жаль, что я так поступил. Это было нечестно по отношению к ней. Я ведь ее не любил».

Во время Первой мировой войны Нижинского заключили в тюрьму в Австро-Венгрии по обвинению в шпионаже в пользу России. После вынужденного перерыва Вацлав появился на сцене лишь в 1916 году. В 1919 году двадцатидевятилетний танцор перенес тяжелое нервное заболевание, от последствий которого так и не оправился до конца своих дней. Психическое состояние Нижинского внесло разлад в его семью: они с женой стали спать в разных комнатах, а по ночам Вацлав бродил по улицам в поисках проституток. Правда, он никогда не вступал со жрицами любви непосредственно в половой контакт: во избежание венерических заболеваний Нижинский предпочитал просто разговаривать с ними и мастурбировать.

В 1914 и в 1920 годах у Ромолы от Нижинского родились две девочки. Вскоре после рождения первой дочери в жизни Вацлава опять появился Дягилев. Ромола всеми возможными способами пыталась удержать мужа от общения с этим человеком и даже подала на Дягилева в суд, чтобы тот выплатил Нижинскому 500 000 франков за его выступления в «Русском балете». Ромола выиграла дело, но выплатить требуемую сумму Дягилев не смог.

Жан Жак Руссо

Произведения Жан Жака Руссо, выдающегося французского философа, романтика и политического теоретика, оказали огромное влияние на лидеров Французской революции, на представителей романтизма в литературе и искусстве.

Жан родился в семье часовщика, который рано овдовел, а затем оставил двух сыновей на произвол судьбы в Женеве. Мальчиков поставил на ноги их дядя, поручив Жана заботам священника, а его брата отправив на учение. В шестнадцать лет Руссо покинул Женеву и отправился путешествовать, пробуя себя в разных видах деятельности. К сорока шести годам его знала вся Европа. В 1762 году роман Руссо «Эмиль» был осужден церковью и государством, в результате чего писатель бежал из Парижа и в конце концов нашел себе пристанище в Лондоне. В последние годы жизни у Руссо наблюдались явные признаки шизофрении, он начал тяготиться обществом людей, предпочитая коротать время в одиночестве. Писатель умер в возрасте шестидесяти шести лет недалеко от Парижа.

Как складывалась интимная жизнь философа? Надо сказать, что приятная внешность Руссо всегда располагала к нему женщин.

Первый сексуальный опыт он получил еще в детстве, и произошло это следующим образом. За мелкий проступок в школе его отшлепала учительница, мадемуазель Ламбертье. После прекращения порки мальчик страстно желал лишь одного — продолжения пусть и несильных, но побоев. Однако Ламбертье была отнюдь не глупой женщиной и, поняв, каким образом ее наказание подействовало на мальчика, больше никогда не прибегала к такому методу воздействия. Впоследствии Руссо написал: «Кто бы мог подумать, что это наказание, перенесенное в детстве в восьмилетнем возрасте

Как-то Жан Жак Руссо сказал: «Не решаясь рассказать о своих необычных вкусах, я получал удовлетворение уже от тех отношений, которые содержали в себе хотя бы какой-то намек на эти вкусы... Находиться где-нибудь в ногах у любовницы-повелительницы, исполнять все ее приказания и быть принужденным вымаливать у нее прощение — вот что приносило мне огромнейшее удовлетворение и наслаждение».

от этой тридцатилетней старой девы (на самом деле ему было одиннадцать лет, а ей сорок), так скажется на моих вкусах, моих желаниях, моих страстях и на мне самом и оставит такой след во мне до конца жизни?» Действительно, с того момента на мальчика нашло настоящее эротическое безумие. Ночью и днем он грезил о том, чтобы его снова выпороли. Всю жизнь он страдал, не получая должного мазохистского удовлетворения.

Один раз Руссо все-таки имел счастье общаться с «госпожой», которой стала одиннадцатилетняя мадемуазель Готон. Девочка обожала играть со своим взрослым другом в школу и представлять себя в роли строгой учительницы. Она частенько подвергала Жана различным наказаниям, а он ползал перед ней на коленях. Готон, в силу своего возраста, была раскованна и делала практически все, что приходило ей в голову, однако не позволяла Руссо предпринимать каких-либо интимных действий. Судьба, как всегда, распорядилась по-своему, и молодые люди вскоре расстались, с тем чтобы никогда больше не увидеться.

Нельзя считать Руссо сексуальным извращенцем, однако некоторые странности за ним все же наблюдались. Он, например, находясь в доме мадам де Варан, мог украдкой целовать кресло, шторы на окнах и даже пол, получая от этой процедуры несказанное наслаждение.

В молодости Руссо привлекали женщины, бывшие гораздо старше его по возрасту. Первый сексуальный опыт он приобрел с мадам де Варан, в доме которой жил в течение пяти лет.

Мадам прислуживала некая Анет, время от времени также разделявшая с ней постель. Когда Руссо исполнился двадцать один год, мадам решила, что ему пора становиться мужчиной. И хотя Жан, поразмышляв с недельку, дал согласие вступить с Варан в сексуальный контакт, сама мысль об этом была ему неприятна, т. к. тридцатичетырехлетняя женщина воспринималась им лишь как «мамочка». Впоследствии Руссо говорил: «Я слишком любил ее, чтобы ее желать». К тому же оказалось, что мадам де Варан фригидна, а потому не способна отвечать на страстные поцелуи молодого человека такими же ласками. Следует сказать, что иногда в любовных играх Руссо и Варан участвовала и Анет. Их жизнь втроем продолжалась вплоть до смерти служанки в 1734 году.

Руссо прожил в доме мадам де Варан еще три года и уехал после того, как у нее поселился новый молодой любовник.

В 1745 году Руссо, будучи постояльцем одной из парижских гостиниц, влюбился в горничную Терезу ле Вассер. Девушка была миловидна и добра, но умом не отличалась: она с трудом определяла время по часам, не умела грамотно писать, не могла запомнить месяцы года и научиться правильно считать деньги. Несмотря на это, через двадцать три года он даже женился на ней. Тереза же оставалась неизменно верна Руссо, хотя он жестоко обошелся с пятью детьми, которых она ему родила. Сразу после рождения малышей отправляли в приют, причем объяснения Руссо данного поступка были весьма абсурдны: например, он говорил, что такая мера необходима для спасения чести Терезы, поскольку официально они в то время еще не состояли в браке.

Настоящий всплеск чувств Руссо пережил в сорокачетырехлетнем возрасте, когда познакомился с графиней Софи д'Удто. Надо сказать, что женщина, завладевшая всеми помыслами философа, не обладала ни красотой, ни выдающимся умом, ни каким-либо талантом. Об их соитии у Руссо сохранились такие воспоминания: «Я в восторге, и свои чувства я унесу с собой в могилу». Софи стала для писателя музой, вдохновившей его на создание образа необычайно высокоморальной дамы по имени Жюли в одном из его романов.

В молодости Руссо был настоящим эксгибиционистом. Он затаивался в темных аллеях и ждал, когда покажется женщина, чтобы показать ей свои обнаженные ягодицы в надежде, что она ударит его по этой части тела.

В Венеции Руссо перенес необыкновенное любовное приключение, потрясшее его до глубины души. Он сошелся с одной местной проституткой Жюльеттой, считая ее чуть ли не богиней. В первый раз, когда Руссо захотел совершить с ней половой акт, он расплакался, видя крушение своих идеалов: как такое внеземное создание могло оказаться обыкновенной женщиной, продающей себя за деньги? Он решил, что Жюльетта имеет какой-то изъян, делающий ее далеко не совершенной. Таким дефектом оказался неправильной формы сосок груди. Руссо в своем дневнике рассказал о чувствах, вызванных данным открытием: «Я стал раздумывать о причинах такой деформации... Меня поразила мысль о том, что это результат какого-то удивительного несовершенства природы... Я ясно понял, что держу в своих объятиях какое-то чудовище, отвергнутое природой, мужчиной и любовью».

СОДЕРЖАНИЕ

Практическое издание
Серия «Домашние советы»

Иванова Н. В.

КНИГА ДЛЯ ДВОИХ

Генеральный директор издательства *С. М. Макаренков*

Редактор *О. В. Сладкова*
Художественное оформление: *Е. Л. Амитон*
Компьютерная верстка: *Н. А. Кочетова*
Корректор *М. А. Елисеева*

Издание подготовлено при участии
ЛА «Софит-Принт»

Оригинал-макет подписан в печать 12.02.2003 г.
Формат 84×108/32. Гарнитура «MyslC». Печать офсетная.
Печ. л. 6,0. Тираж 7000 экз.
Заказ № 913.

Адрес электронной почты: info@ripol.ru
Сайт в Интернете: www.ripol.ru

«РИПОЛ КЛАССИК»
125315, Москва, Амбулаторный 2-й пр., д. 8, стр. 1, комн. 12
ЛР № 064925 от 16.01.97 г.

ИД «РИПОЛ КЛАССИК»
107140, Москва, Краснопрудная ул., д. 22а, стр. 1
Изд. лиц. № 04620 от 24.04.2001 г.

Отпечатано с готовых диапозитивов
в ФГУИПП «Курск».
305007, г. Курск, ул. Энгельса, 109.